Kathrin Weßling

SUPER, UND DIR?

Roman

ฺf"nf

Für meine Eltern und meine Freunde, die geblieben sind, als alle anderen und alles andere es nicht taten.

The Devil whispered in my ear, »You're not strong enough to withstand the storm.«

Today I whispered in the Devil's ear, »I am the storm.«

Unknown

1. Teil

1.

Heute ist mein Geburtstag. Ich bin einunddreißig Jahre alt, mein Körper wohl eher einhundertfünf – zumindest fühlt er sich so an. Emotional bin ich so unreif, dass ich auch den vierten Anruf meiner Mutter an diesem Tag ignoriere. Im Schnitt macht das nicht einunddreißig, das weiß sogar ich.

Fünfter Anruf »Zuhause«, dazu eine SMS. Jemand hat eine Nachricht auf meiner Mailbox hinterlassen.

Die Marlene, die ich mir manchmal vorstelle, wenn ich »Marlene tut so, als sei sie erwachsen« spiele, hätte sich heute Freunde eingeladen, einen Kuchen gebacken, den antiken Holztisch abgewischt und Getränke kalt gestellt. Diese Marlene würde Geschenke auspacken und sehr oft sehr hohe Töne von sich geben und ständig wiederholen, wie total überraschend, wie absolut lieb, wie süß das Zeug sei, das sie auspackt, mit dem sie gar nicht gerechnet habe, weil das doch nicht nötig gewesen wäre. *Komm her, Maus, lass dich drücken, ich hab dich so lieb, noch jemand Prosecco?*

Menschen, die nicht so sind wie ich, würden nicht in einer sehr großen Wohnung sitzen, in der zu wenige Möbel stehen. Sie würden sich benehmen, wie es Erwachsene tun. Und so eine Erwachsene wäre nicht erst gegen Abend aufgewacht und würde nicht darüber nachdenken, was deprimierender ist: dass der Geruch des schimmelnden Geschirrs im Waschbecken in der Küche langsam auch ins Schlafzimmer kriecht – oder dass niemand außer ihr davon weiß; die heute Geburtstag hat, die Tür nicht aufmacht und sich von tiefgekühlten Himbeeren und Wodka ernährt. Diese erwachsene Frau würde sich das Mädchen ansehen und denken: *Zum Glück ist das nicht mein Leben. Zum Glück bin ich nicht Marlene Beckmann.*

Marlene Beckmann jedoch hat keine Wahl: Sie muss Marlene Beckmann sein. Ob das nun besonderes Glück oder ziemlich viel Pech ist, das kann nur ich selbst entscheiden. Zumindest hat das der Therapeut gesagt, bei dem ich vor drei Jahren das erste Mal war. »Hören Sie, Frau Beckmann, Sie alleine müssen entscheiden, was Sie aus Ihrem Leben machen.« Aha, dachte ich. Dann ging ich nach Hause und beschloss, zu diesem Leben gehört kein Therapeut, der mir sagt, dass ich am Ende doch alles alleine entscheiden muss. Das wusste ich schließlich schon, dafür muss man doch niemanden bezahlen.

Vielleicht hätte ich anders entscheiden sollen, denn vielleicht hatte der Therapeut etwas gesagt, das ich glaubte zu wissen, von dem ich aber eigentlich keine Ahnung hatte. Vielleicht, denke ich, hätte Marlene Beckmann damals einen Moment länger nachdenken sollen. Das mit dem Leben war nämlich so: Ich zu sein war sehr lange sehr einfach. Bis es dann sehr kompliziert wurde. Das klingt nach etwas, das man auf einen Jute-Turnbeutel drucken lassen kann, den man in einem dieser Geschäfte erwirbt, in denen es auch Postkarten mit ironisch-tiefsinnigen Sprüchen gibt und Polaroid-Kameras – alles total handmade und retro und urban und individuell und so. Aber ich weiß es besser: Es ist alles so lange einfach, bis es kompliziert wird. So einfach ist das.

Ich würde gerne aufstehen, mein Gesicht waschen und die Zähne putzen, lüften, abwaschen, den Müll runterbringen und einkaufen gehen. Ich wünschte, es wäre gerade einmal halb elf am Morgen und nicht schon achtzehn Uhr abends. Toll, so viel Zeit, so viel Leben, so viel Lust auf Yoga und E-Mails lesen und Sushi essen und Freunde treffen, da weiß man gar nicht, womit man anfangen soll. Ich wäre gerne zum »Lunch« verabredet und danach ein bisschen Shopping, vielleicht Friseur, vielleicht Maniküre, Waxing auf jeden Fall, zum Schluss noch ein Eis, ist ja mein Geburtstag, hihi. Ich würde gerne Jakob anrufen und sagen, dass ich mich schon auf heute Abend freue. Und dass ich kochen werde – für ihn und unsere zwanzig besten Freunde. Wir würden Witze darüber machen, dass ich nicht kochen kann, obwohl wir beide wissen, dass es nicht stimmt, aber wir sind natürlich so ein Paar, das sich selbst nicht immer ganz so ernst nimmt, total entspannt, super unkompliziert, Herzchen, Zwinkersmiley, Kuss.

Stattdessen schiebe ich langsam die erste von zwei Decken weg, unter denen ich mich begraben habe. Die Bettwäsche ist fast so alt wie ich. Ich habe schon darin geschlafen, als wir noch zu dritt waren, als ich noch »Leni« war, als mein Name noch durchs Treppenhaus hallte: Leni, Essen. Leni, Zeit fürs Zähneputzen. Leni, komm jetzt, wir müssen los. Lenipopeni. So alt ist dieser Bettbezug.

Auf dem weißen Stoff der zweiten Decke sind braune Flecken, die sich nicht mehr auswaschen lassen. Blut. Das Blut meiner ersten Periode. So alt ist dieser weiße Stoff.

Ich liege da, beide Decken zur Seite geschlagen, und höre das Telefon vibrieren. Ich rieche die Zigaretten, die ich gestern Nacht in der Schale mit den Himbeeren ausgedrückt habe. Ich sehe mich daliegen, blass und verschwitzt, draußen sind es bestimmt noch immer fünfundzwanzig Grad. Ich sage: »Hey Siri.«

Siri sagt: »Hallo.«

»Siri, brauche ich heute einen Regenschirm?«

»Nein, Marlene, es wird schön heute.«

Das ist der Running Gag zwischen meinem Telefon und mir: »Es wird schön heute.« Ich lache, Siri schweigt. Dann eben nicht. Das Telefon vibriert. Ich liege da. Das Telefon verstummt. Ich atme. Ich schwitze. Ich spüre die Panik. Das Herz. Mein Herz.

Die Marlene, die ich mir manchmal vorstelle, wenn ich »Marlene tut so, als sei sie erwachsen« spiele, würde nun endlich aufstehen. Sich duschen. Retten, was zu retten ist von Marlene Beckmann und ihrem einunddreißigsten Geburtstag. Ich aber hieve meinen monströs schweren Körper aus dem Bett, setze mich auf den Rand der Matratze, greife nach dem Spiegel auf dem Nachttisch und versuche nicht hineinzusehen, während ich die erste Line des Tages langsam durch meine wunde Nase ziehe.

Ein paar Stunden später treffen wir uns alle bei Saskia, weil ihre Wohnung in der Nähe des Clubs liegt, in den wir später gehen wollen, um zu feiern, dass ich geboren wurde. Ronny ist auch da. Ronny ist ein Freund von Tim und Saskia. Ronny ist der Apotheker: Egal, welche Schmerzen du hast – Ronny hat die Medizin. Wir trinken Jägermeister und Bier, Wodka mit Soda und Limette. Wir rauchen viel und reden schrill, weil aus den Boxen Techno wummert, der zu laut ist, um einander zu verstehen. Wir sind zu zehnt und so betrunken oder high, dass wir uns auch in völliger Stille nicht mehr verstünden, weil wir uns gegenseitig übertönen wollen. Alles, was wir denken und sagen, ist unglaublich wichtig, noch nie gesagt, noch nie gefühlt worden. Wir lieben uns alle, wir sind uns so nah, wir sind so anders als alle anderen.

Kokain hilft gegen den Alkoholrausch und gegen die Müdigkeit, gegen das Gefühl, dass das alles hier ziemlicher Quatsch ist. Speed hilft gegen die Lethargie. MDMA hilft gegen Einsamkeit. Ephedrin und Mephedron sind für die Fortgeschrittenen. Gras holt runter, was zu hoch geflogen ist. Ketamin ist nur für Ronny. Ronny hat an alles gedacht, denn er sorgt sich um uns. Das sagt er heute Abend oft: »Freunde, ich möchte, dass es euch allen gut geht.« Und wir, seine Freunde, grinsen breit und nicken. Uns geht es gut. Uns geht es ja so was von gut.

»Weißt du, ich glaube, das ist genau das Problem. Man muss das einfach mal übergeordnet sehen, denke ich. Im größeren Kontext, irgendwie«, sagt Tim neben mir, und ich versuche zu verstehen, was er meint.

»Hä? Wovon sprichst du?«, frage ich ihn.

Wir sitzen nebeneinander auf dem Sofa, vor uns liegen die anderen, auf dem Boden und auf Kissen. In der Mitte Flaschen und Aschenbecher, Gläser, Handys, zerrissenes Geschenkpapier.

Tim starrt Saskia an, die uns gegenübersitzt und über etwas lacht, das Ronny gesagt hat.

»Tim?«

»Ja, ach, keine Ahnung. Alles eben. Ich meine alles. Wie läuft es bei der Arbeit?«

Ich habe Tim diese Frage schon vor ungefähr einer Stunde beantwortet. Mit einer der fünf Versionen, die es gibt – sie reichen von »Das ist die hässliche Wahrheit, nimm sie und friss sie, mir doch egal!« bis hin zu »Es geht mir so geil, ich habe safe das beste Leben der Welt, ey!«. Weil wir schon lange befreundet sind, habe ich ihm Version zwei erzählt: »Es läuft, es läuft super.« Genau das Gleiche sage ich ihm jetzt noch mal. Ich suche Ronnys Blick, und er nickt. Wir stehen auf.

Alle im Raum wissen, wohin wir gehen, was wir gleich nebenan tun werden. Warum wir dann trotzdem gehen, anstatt einfach bei den anderen zu bleiben: Zwischenwelt-Logik.

Das Badezimmer ist gerade groß genug für zwei Personen, es riecht nach Saskias Duschgel und Ronnys Aftershave. Wir sitzen nebeneinander auf dem Badewannenrand, und wenn ich mich ein wenig aufrichte, kann ich uns beide in dem Spiegel sehen, der über dem Waschbecken montiert ist: ein junger Mann, Ende zwanzig, eher untergewichtig, schmale Schultern, sehnige Arme. Auf dem rechten hat er ein Herz tätowiert, das aussieht, als hätte ein Kind es gezeichnet. Er trägt eine schwarze Skinnyjeans und ein dunkelblaues T-Shirt. Seine Haare hat er abrasiert, vermutlich, weil sie begannen auszufallen – der hohe Ansatz der Stoppeln verrät das. Er trägt einen Vollbart. Er beugt sich über sein Smartphone und hackt mit einer Versicherungskarte auf dem Display herum.

Daneben sitze ich. Eine junge Frau, blonde brustlange Haare, schwarzes Top, ausgewaschene hellblaue Skinnyjeans. Ich sehe die Frau an: Ihre Brüste wirken zu groß für die schmale Silhouette, ihre Schlüsselbeine heben sich deutlich ab, ihre Wangen sind ein wenig eingefallen. *Gut*, denke ich, *sieht sehr dünn aus.*

»Hier«, sagt Ronny und hält mir sein Telefon hin, auf das er vier Lines gelegt hat. Seine Hand ist ruhig. Ich wische meine an der Jeans ab.

»Hast du einen Schein?«, frage ich.

»Das ist widerlich, Marlene. Scheine sind voller Bakterien, die steckt man sich nicht in die Nase.«

»Entschuldigung, ich bin natürlich noch nicht so lange im Business wie du.«

»Das ist Anfängerwissen. Nimm einen Strohhalm oder ein Metallröhrchen, aber bitte keinen ekligen Fünfziger.«

»Okay, ich werde nie wieder das Kokain, das irgendein Darm für uns nach Deutschland geschmuggelt hat und das von irgendeinem Händler in Tüten gefüllt wurde, bevor es den Weg zu dir gefunden hat, mit einem Geldschein durch meine Nase ziehen. Versprochen. Denn das ist sehr eklig.«

»Ach, fick dich.«

»Würdest du mir dann bitte einen Strohhalm geben?«

»Nein.«

»Warum nicht?«

»Weil ich nicht deine Mutter bin.«

»Sie hätte bestimmt einen für mich, wenn ich sage: Mama, lass uns ein bisschen Kokain ziehen.«

»Witzig.«

Ich schaue mich suchend in Saskias Badezimmer um.

Da sind: ein Waschbecken, eine Badewanne, ein kleines Schränkchen an der Wand, auf dem Haargummis, Lippenstifte und Make-up liegen. Ich stehe auf und schiebe das ganze Zeug darauf zur Seite, hebe die Dosen hoch, Saskias Deo, ihr Haarspray. Nichts.

Ich drehe mich zu Ronny um, der mir reglos zuschaut.

»Hier ist nichts.«

»Guck mal in den Schrank rein«, sagt er, und ich ziehe die oberste Schublade auf. Darin: Nagellack, Kajalstifte, Puder, noch mehr Haargummis. Ich krame ohne Erfolg darin herum, ziehe die zweite Schublade auf, wühle mich durch Kondome, OBs und Wattepads, ich durchforste alle vier Schubladen und frage mich nicht einen Moment, ob das, was ich hier gerade tue, irgendwie falsch ist.

In der untersten Schublade finde ich schließlich ein kleines selbstgenähtes Täschchen. Ich ziehe den Reißverschluss auf und finde, wonach ich gesucht habe: zwei Metallröhrchen, dazu ein Tütchen mit weißem Pulver, auf dem ein mit rotem Edding geschriebenes »S« steht – Ronny ist fürsorglich, er kennzeichnet unsere Medizin mit ihren Anfangsbuchstaben. C für Kokain, S für Speed.

»Na bitte«, sagt Ronny. Ich reiche ihm das Röhrchen, doch er schüttelt den Kopf.

»Ich dachte, du brauchst eines?«

»Nicht ich. Du. Ich hab mein eigenes.«

»Nicht dein Ernst?«

Ich setze mich neben ihn und greife ungeduldig nach dem Telefon, das zwischen uns auf dem Rand liegt.

»Natürlich. Ich hab euch alle lieb, aber deshalb muss ich mir nichts in die Nase stecken, was schon in eurer war.«

Das Kokain wirkt in Wellen: Die erste kommt beim Ziehen. Die zweite ein paar Minuten später. Die dritte nach zwanzig Minuten. Die letzte ist nur noch ein Plätschern, eine versiffte Pfütze im Kopf, die vom Meer erzählt, während man eigentlich schon auf dem Trockenen sitzt. Ein, maximal zwei Stunden, dann schreit alles nach mehr, mehr, mehr.

Ich ziehe zwei der vier Lines auf einmal, Ronny kennt das schon. Ich brauche mehr als andere, um etwas zu spüren. Das hat etwas mit dem Stoffwechsel zu tun. Nichts mit Gewöhnung und Sucht, echt nicht. Das Kokain ist stark und riecht widerlich chemisch, aber es betäubt den Rachen sofort, daher ist es egal, wie sehr ich mich vor dem Geschmack ekle. Ich atme aus, darauf bedacht, das Telefon sofort von mir wegzuhalten – würde ich das Pulver aus Versehen wegpusten, würde mich das mindestens zwanzig Euro kosten.

Ich schließe die Augen und spüre die zweite Welle, während Ronny seine Line zieht, schnell und fast geräuschlos. Mein Puls rast, mein Körper entspannt sich trotzdem. Für diesen kurzen Augenblick würde ich mittlerweile mein letztes Geld hergeben: der Moment, in dem sich die Synapsen beruhigen, als würde warmes Wasser sie umschwemmen. Der Moment, in dem ich atmen kann, ruhig werde und voller Vorfreude bin. Der kurze Augenblick, in dem die schönen Dinge noch klar sind und die hässlichen betäubt. Alkohol macht müde und schwer, das Kokain macht aus dem dreckigen Suff einen eleganten Rausch, der im perfekten Moment verharrt. Bevor dann nach und nach alles abstirbt.

Diese zweite Welle ist ohne Gier nach mehr, ohne Angst vor der Ebbe, ohne Unruhe, ohne Eile. Sie ist Entspannung und Anspannung im Wechsel, ein bisschen Vorfreude, sehr wenig Feuerwerk, eher ein sanftes Schwimmen auf dem Nichts.

Es klopft an der Tür, und Ronny sieht mich fragend an.

»Moment!«, rufe ich und ziehe die letzte Line. Der Abstand zu den ersten beiden ist zu kurz, ich weiß, dass man damit einen Taifun auslösen kann, der alles durcheinanderwirbelt. Ich weiß, dass mein Herz rasen und die Klarheit, die so schön sein kann, so ruhig und sanft, wehtun wird. Diese Art von Klarheit adelt den Rausch nicht, sie drückt ihn weg. Aber einmal gezogen, gibt es eben kein Zurück, jetzt muss man es mit Würde tragen und das Herzrasen mit Wodka kühlen.

Als Ronny aufsteht, sehe ich mich für einen Moment alleine im Spiegel. Ich sehe das blasse, dünne Mädchen und dass es sich gar nicht verändert hat. Genau das ist das Problem: Das Mädchen liegt nicht halbtot mit einer Nadel im Arm auf der Toilette eines Bahnhofs. Man sieht nicht, wie das Mädchen ertrinkt, ganz im Gegenteil. Es reitet die Wellen, während der Sturm aufzieht, und es lächelt, es winkt den anderen zu, schon viel zu weit vom Strand entfernt, Wasser in den Lungen, Wasser im Kopf, und ruft: Alles in Ordnung, es geht mir sehr, sehr gut!

2.

In einer Beziehung mit Jkb Bremer

Das steht jetzt auf Facebook. Ich starre den Bildschirm an und denke: *Das ist nicht real.* Damit meine ich, dass es in einem Sozialen Netzwerk steht, dass es offiziell ist, dass Jakob Bremer jetzt mein Freund ist. Denn wenn es auf Facebook steht, ist es wahr. Im 21. Jahrhundert manifestiert sich der Beziehungsstatus nicht in einem Verlobungsring, sondern durch ein paar Klicks, die im Profil anzeigen, dass man es geschafft hat. Dass man sich erfolgreich durch Tinder, Online-Dating, One-Night-Stands und anderen Irrsinn gequält hat und der lebende Beweis dafür ist, dass die Feuilletons dieser Welt unrecht haben: Die Liebe ist nicht tot, sie lebt hier und jetzt, kann man alles anschauen und anklicken und liken und swipen und beweisen. Jakob und ich. Das ist Liebe.

Ich habe Jakob an einem Abend vor ein paar Jahren kennengelernt, an dem ich mit allem gerechnet habe, nur nicht damit, dass dieser Mann vor mir steht und sagt: »Deine Wimperntusche ist zerlaufen, du siehst aus wie ein Panda-Baby.« Das ist es also, was ich meinen Enkeln irgendwann einmal erzählen werde, der erste Satz, den Jakob zu mir sagte, der Beginn von etwas ganz, ganz Großem: »Deine Wimperntusche ist zerlaufen, du siehst aus wie ein Panda-Baby.«

Wir waren damals noch mitten im Bachelor und hatten zugesagt, einen Abend in der Einführungswoche der neuen Studenten zu gestalten. Also machten wir das, was wir am besten konnten: Wir dachten uns etwas aus, das so klang, als hätte es einen Sinn, einen Hintergrund und einen Wert für diejenigen, die eben Wert darauf legten, dass Dinge und Unternehmungen einen solchen hatten.

Thorben schlug vor, alte Science-Fiction-Filme in einem extra dafür hergerichteten Seminarraum zu zeigen. Die Vorteile lagen auf der Hand: Wir mussten so gut wie nichts machen. Wir mussten nicht mit den Erstsemestern reden. Wir mussten uns nicht nachsagen lassen, wir hätten unseren Bildungsauftrag nicht erfüllt. Der lag darin, das war ja ganz deutlich zu erkennen, Science-Fiction Filme aus dem vorangegangen Jahrhundert zu zeigen (Original mit Untertiteln natürlich), um so die Absurdität von Hoffnung und Angst zu illustrieren, die beide mit ein wenig Abstand als lächerlich betrachtet werden konnten – eine wichtige Botschaft für Erstsemester, wie wir fanden. Wir waren Marketing-Studenten, unsere ganze Existenz gründete sich darauf, jeden noch so absurden Quatsch als etwas von Wert zu verkaufen. Also taten wir genau das.

Mit Erfolg: Die Anmeldungen über das Online-Portal unserer Universität gingen kurz nach Freischaltung der Veranstaltung im Minutentakt ein – nach zwei Stunden hatten wir bereits sechzig Teilnehmer. Ich wollte das Ganze gerade unter »erledigt« verbuchen, als Thorben eine Liste mit Dingen schickte, um die sich jeder kümmern sollte. Mir fiel das Mitbringen von »2 Decken und 2 Kissen« zu.

Eine Woche später stopfte ich alles in einen Müllsack und machte mich auf den Weg zum Uni-Gelände. Dass es in Strömen regnete, ignorierte ich. Ich schaffte es irgendwie, den Inhalt des Müllbeutels trocken in den Seminarraum zu bringen. Mich selbst leider nicht, ich war derart durchnässt, dass ich auf dem Weg zum Seminarraum eine Wasserspur hinterließ, die aussah, als hätte man einen Mopp durch das Gebäude und die Fahrstühle gezogen.

Und dann stand er da. Und dann sagte er diesen Satz. Und ich, ich starrte ich ihn an und sagte nichts. Während mir eintausendzweihundertvierundfünfzig Antworten durch den Kopf gingen, die alle sehr viel charmanter, smarter und einnehmender gewesen wären als: nichts. Ich wischte mit der linken Hand reflexartig unter meinem Auge herum, obwohl das völlig sinnlos war. Ich wollte die rechte Hand heben, um sie ihm zu geben, hielt aber noch immer den Sack fest und grinste dümmlich. Ich starrte Jakob an und dachte eintausendzweihundertvierundfünfzig Sätze, die nach dem viel zu langen Schweigen besser gewesen wären als: »Oh, haha.«

Das war's. Meinen Enkelkindern kann ich also nun erzählen, dass Jakob sagte, ich sähe aus wie ein Panda, und ich »Oh, haha« antwortete. So beginnen die großen Liebesgeschichten im 21. Jahrhundert. Zumindest begann unsere so.

An diesem Abend hatte ich natürlich noch keine Ahnung von der Liebe. Genauer gesagt, von der Liebe zu Jakob. Noch genauer: was mir die Liebe zu Jakob über die Liebe an sich beibringen würde. An diesem Abend sah ich nur einen Mitte-Zwanzigjährigen, der meiner Vorstellung eines potenziellen Freundes zu einem hohen Prozentsatz entsprach. Diese Vorstellung sah so aus:

- Er muss groß sein, auf jeden Fall größer als ich.
- Er sollte einen Bart tragen oder zumindest nicht wie ein Typ aussehen, der in einem Werbespot für ein sehr langweiliges Produkt wie zum Beispiel Pyjamas zu sehen ist.
- Er sollte Kleidung tragen, die nur auf den zweiten Blick wie Kleidung aussieht, deren Träger sich viel Gedanken über Kleidung macht, auf den ersten Blick jedoch wie Kleidung, deren Träger so damit beschäftigt ist, sich tiefgründige Gedanken zu tiefgründigen Themen zu machen, dass Kleidung nicht so wichtig ist.
- Er sollte sich allgemein tiefgründige Gedanken machen.
- Zu Themen wie: Deutschlands Außenpolitik, die amerikanische Außen- und Innenpolitik, Europa, die Türkei, die Literatur des 19. und 20. Jahrhunderts, Musik, ein bisschen Kunst, Essen, Theater, das Fernsehen und das Fernseh-Angebot, Serien, Cafés und Kaffee, Bartpflege, Körperpflege (oberflächlich, aber stilvoll), das Internet an sich, Social Media und Blogs im Speziellen, psychische Krankheiten, Witze auf Kosten von Minderheiten, Twitter, Bio-Gemüse, Kinder, das Alter und die Angst an sich.
- Er sollte sich wenig, zumindest nicht leidenschaftlich interessieren für: Reptilien-, Insekten- und Spinnenhaltung, Fußball, Pornos, seine Ex, psychische Krankheiten, Witze auf Kosten von Minderheiten, Twitter, Internet-Foren, das Alter und die Angst an sich.

- Er sollte viele Freunde haben, aber nur zwei wirklich gute, von denen keine eine Frau ist.
- Vor allem sollte keine seine Ex sein.
- Und keine seine Mutter.
- Er sollte charmant, witzig, klug und gebildet sein.
- Er sollte nicht charmanter, witziger, klüger und gebildeter sein als ich.
- Er sollte treu, zuverlässig und lieb sein.
- Er sollte mich mehr lieben als alles andere, mich das aber nie spüren lassen.
- Er sollte es mich in den richtigen Momenten, die ich definiere, doch spüren lassen.

Natürlich wusste ich nicht, inwieweit Jakob meine Anforderungen erfüllte, aber zum Glück sind einem all diese Dinge ja schlagartig egal, wenn der Mensch, dessen Immunsystem sehr verschieden ist vom eigenen, mit einer tiefen Stimme sagt: Deine Wimperntusche ist verlaufen. Ich war mir sicher: Er würde alle Punkte erfüllen oder auch gar keinen, mir egal, mir ganz egal, solange er nur ab jetzt jeden Tag und bis zum Ende aller Tage da stehen würde, ein wenig grinsend, ein wenig verlegen, mich betrachtend, mich, nur mich allein.

Damals ahnte ich noch nicht, dass alle Vorstellungen, die man mit Mitte zwanzig von der Liebe und von dem Menschen hat, der das Synonym zu dieser Liebe bildet, sich schneller in Luft auflösen als das bisschen Trinkgeld, das ich damals beim Kellnern verdient habe. Dass das gut so ist. Dass dafür etwas viel Besseres kommt. Dass das, was da kommt, sehr viel mehr mit »Liebe« zu tun hat als alles vorher. Dass Liebe keine Liste ist, sondern das Glas Wasser und die Kopfschmerztablette, die man morgens neben dem Bett findet, dazu ein Zettel, auf dem steht:

»Nimm das Aspirin, ich weiß, du willst abwarten, ob es von alleine weggeht (für den Fall, dass das nicht passiert, steht der Eimer auf der anderen Seite des Bettes), aber ich glaube an dich und weiß: Eines Tages wirst du das mit dem Rotwein lassen und dafür erst die Tablette nehmen und dann die Starke spielen. Wir sehen uns heute Abend, ich freue mich drauf. Und nimm die verdammte Tablette.«

Ich drehte mich einfach um, ohne ein weiteres Wort zu sagen, und lief auf Thorben zu, ließ den Müllsack vor ihm fallen und mich daneben.

»Toll, Marlene, du hast uns Müll gebracht!«

»Ja, ich wollte demonstrieren, was nach dem Studium auf die Erstsemester wartet.«

»Wir alle wissen deinen Optimismus und deine aufopferungsvolle Geste sehr zu schätzen. Gefällt es dir?«

Thorben sah sich im Raum um, und ich folgte seinem Blick. Und war beeindruckt. Die anderen hatten sich offenbar Mühe gegeben. Auf einem Tisch an der Wand standen Schüsseln mit Chips und Salaten. Daneben Pappteller und Plastikgeschirr. Unter dem Tisch ein paar Kisten Bier. An den Wänden hatten sie bunte Lichterketten angebracht, die grotesk in ihrer Zusammenstellung wirkten (Tannenbaumlichter neben »Happy-Birthday«-Lichterketten neben blinkenden Kerzen neben Teddybärlichtern), den Raum aber in ein sanftes Licht tauchten, das unmerklich die Farbe wechselte. Kerzen waren verboten, also hatten die anderen nicht nur Lichterketten, sondern auch einige Lampen mitgebracht, die in kleinen Gruppen an Mehrfachsteckdosen leuchteten. Auf dem Boden lagen Kissen und Decken, dazwischen standen kleine Sitzsäcke und ein paar Hocker. Es sah aus wie das Wohnzimmer einer Zehner-WG, und noch wichtiger: Es sah so aus, als hätten wir uns Gedanken gemacht.

Gäbe es einen Moment in meinem Leben, den ich nennen müsste, zu dem ich mich zurückwünsche, wäre es dieser: wie ich durchnässt auf dem Boden sitze, Jakob, von dem ich noch nicht wusste, wie er heißt und welche Bedeutung er haben würde, hinter mir, Thorben und Saskia vor mir, die gemeinsam einen Tisch tragen und darüber streiten, wohin er gestellt werden soll.

Ich würde mich in den Seminarraum zurückwünschen, zu jenem Moment vor vielen Jahren, in dem ich tatsächlich glücklich war. Weil das mein Leben war: die Universität, meine Freunde, Seminare, Partys, eine vage Vorstellung von Liebe, eine sehr konkrete von mir selbst und den Dingen um mich herum. Dieser Moment war in seiner Schlichtheit all das, wonach ich mich später immer wieder sehnen würde. Vielleicht, weil er war, was er war: bloß eine Momentaufnahme eines sehr strukturierten Lebens, in dem die Dinge unter Kontrolle waren, die Dinge und die Menschen darin, und ich, ich war es auch.

Ich zerrte die Decken und Kissen aus dem Sack, schmiss ihn in die Mülltonne neben der Tür und verließ den Raum, der gerade begann, sich mit Menschen zu füllen, um vor dem ersten Film noch eine Zigarette vor der Tür zu rauchen. Ich war das, was man einen »Partyraucher« nannte – in der letzten Zeit hatte ich jedoch zu viel Erfolg mit der »Rauchen statt essen«-Methode gehabt, was in Zeiten von nicht enden wollenden Hausarbeiten und langen Nächten effektiv und nützlich war. Außerdem sparte man Geld, das knapp war, weil nicht enden wollende Hausarbeiten und lange Nächte auch bedeuteten, dass ich zu wenige Schichten in der Bar übernahm, die meine Miete sicherten.

Unter dem Vordach zündete ich mir eine Zigarette an, die ich beschämt betrachtete: Ich gab mehr Geld am Tag für Zigaretten und Coffee To Go aus als für Lebensmittel, die mich diese Phase noch länger hätten durchstehen lassen.

Ich zitterte vor Kälte, obwohl wir erst Oktober hatten und der Herbst nur langsam in die Stadt kroch. Ich war untergewichtig, und der Schlafmangel machte mich fahrig und zittrig, ich wusste, dass ich das alles nicht mehr lange so weitermachen konnte, war jedoch nicht bereit, auch nur ein Semester über Regelstudienzeit hierzubleiben. Ich wollte schneller fertig werden als alle anderen, ich wollte Geld verdienen und weg aus dem Mief der Uni, die mir seit meinem ersten Praktikum in einer Werbeagentur vor zwei Jahren derart sinnlos vorkam, dass ich seitdem das Gefühl nicht loswurde, hier einfach nur lächerlich viel Zeit zu verschwenden.

Weil das kein romantischer Film war, tauchte nicht plötzlich Jakob auf und bat um eine Zigarette. Ich rauchte einfach schweigend unter dem Vordach, an dessen Rändern der Regen hinabtropfte, und dachte daran, dass ich eigentlich an meinem Schreibtisch sitzen sollte, aber dass kein Mensch immer nur arbeiten und lernen kann und ich vermutlich bald beginnen würde, ernsthafte psychische Probleme zu entwickeln, wenn ich nicht mal einen Abend ausgehen konnte, ohne mich deshalb schlecht zu fühlen.

Immer wieder drängten sich fremde Gesichter an mir vorbei, manche allein, manche in Gruppen, alle sehr jung, viel jünger als ich, viel fitter, viel aufgeregter. Ich schnippte die Zigarette schließlich in die Dunkelheit hinaus und ging zurück in den Seminarraum. Vor der Tür stand Jakob. Als er mich bemerkte, warf er mir einen abschätzigen Blick zu und sagte: »Ah, das unhöfliche Panda-Mädchen.«

Ich blieb stehen.

»Was genau hat das Panda-Mädchen gemacht, dass er es unhöflich nennt?«

Ich bemerkte kleine Lachfalten um seine Augen, eine tiefe Ruhe in seiner Gegenwart, die Abwesenheit eines aufdringlichen Geruchs.

»Das Mädchen ging einfach weg und ließ Jakob dumm dastehen vor seinen coolen Freunden. Unhöflich. Extrem unhöflich.«

Jakob also. Jakob und Marlene.

»Muss sich Jakob wohl neue Freunde suchen. Ich könnte deine Freundin sein. Ein teuflischer Plan.«

Einen Moment starrten wir uns an, ich spürte, wie die Röte in mein Gesicht stieg. Hatte ich das gerade wirklich gesagt? Hatte ich ihm angeboten, seine Freundin zu sein? Ich hatte wohl witzig sein wollen, gerade ich, die so lustig war wie eine Fünfjährige auf zu viel Ritalin.

Er lachte. Zum Glück lachte er. Ich weiß bis heute nicht, ob er mir einen Gefallen tun wollte oder ob er einfach peinlich berührt war, aber er lachte und sagte: »Dann geh du vor, damit die coolen Kids sehen, dass ich jetzt bessere Freunde habe. Wer will schon normale Typen, wenn er ein Panda-Mädchen haben kann?«

Und er blieb einfach. Er setzte sich neben mich, während der Film lief, und flüsterte mir Details zu der Entstehung des Drehbuchs ins Ohr. Er gab sich Mühe, lustig zu sein. Er gab sich Mühe, so zu tun, als müsste er sich keine Mühe geben. Er gab sich keine Mühe, sein Interesse an mir zu verbergen. Er blieb, als wir aufräumten. Er ging nicht. Er ging mit. Mit zur U-Bahn-Station und mit in die Bar, in der wir bis zum Morgengrauen tranken und redeten. Er ging nicht, als seine Freunde sich nach und nach verabschiedeten. Und nichts davon fühlte sich falsch an. Oder fremd. Vielleicht, weil er nicht mehr machte als das. Er versuchte nicht, mich zu beeindrucken. Er versuchte nicht, mich zu küssen. Er versuchte nicht, noch mit zu mir zu kommen. Er versuchte nicht, mein Interesse zu wecken. Er war einfach da, und er war einfach Jakob. Und vermutlich war es das, was mich wochenlang nicht schlafen ließ, was mich zu ihm hintrieb und von ihm fort, was mich mutig machte und unsicher, was mich mich verlieben ließ und zweifeln: dass er einfach da war. Nicht mehr und überhaupt kein bisschen weniger.

Seine erste Nachricht an mich

Wehe, du verlinkst mich jetzt auf irgendwelchen Bildern. So gute Freunde sind wir noch nicht!
(gesendet via Facebook um 4:32 h)

Meine erste Nachricht an ihn

Es wäre mir ausgesprochen peinlich, wenn jemand wüsste, dass wir uns kennen. Also: Keine Sorge!
(gesendet via Facebook um 4:39 h)

3.

»Ich liebe dich sehr, aber das kannst du nicht machen.« Ich stehe vor Jakob und starre auf die riesige, silberne Schnalle seines Gürtels. Das würde vermutlich jeder in meiner Situation sagen, denn der Gürtel ist ausgesprochen hässlich, und nichts an Jakob kann jemals so schön sein, dass es die Hässlichkeit dieses *Dings* ausgleichen könnte.

»Was hast du für ein Problem mit dem Gürtel?«, fragt Jakob beleidigt. Noch denkt er, dass ich nur Spaß mache.

Heute ist Samstag, und ich bin seit vier Monaten *in einer Beziehung mit Jkb Bremer*. Heute werde ich das erste Mal mit Jakob zu einer Party gehen, zu der alle meine Freunde kommen. Ein paar von ihnen kennen Jakob schon, aber die meisten haben uns noch nie als Paar zusammen gesehen. Das ist unser großer Auftritt, und wie jeder vernünftige Mensch will ich, dass alle den Mann lieben, den ich liebe. Also muss er gut aussehen. Nicht bloß ein bisschen, sondern sehr, sehr gut. So gut, dass alle denken: *Die Marlene hat alles richtig gemacht. Wenn sie so einen Freund hat. Was für ein Glück sie hat. Was für ein schöner Mann das ist.* Alle sollen mich beneiden, und alle sollen Jakob um mich beneiden. Ich möchte aus einem Neid-Meer saufen und mich an ihrer Eifersucht berauschen. Oder so ähnlich.

Aber das passiert nur, wenn Jakob nicht diesen Gürtel trägt. Und am besten auch nicht dieses T-Shirt.

»Bitte nimm den Gürtel ab. Bitte zieh ein anderes T-Shirt an. Tu es für mich«, bettle ich.

»Kommt jetzt als Nächstes: Wenn du mich wirklich liebst, dann machst du das für mich?«

»Nein, jetzt kommt der Teil, in dem ich sage, dass ich dich verlasse, wenn du es nicht machst.«

»Du weißt schon, dass Erpressung strafbar ist?«

»Ja, deshalb mache ich es ja. Weil ich so wild und verrucht bin.«

»Ich könnte dich anzeigen.«

»Ich könnte dich im Schlaf ersticken.«

Jakob lacht und ich auch. Eigentlich tue ich aber nur so, weil ich ihn tatsächlich töten werde, wenn er diesen Gürtel trägt. Ich werde ihn mit dem hässlichen T-Shirt im Schlaf ersticken.

»Ehrlich, Marlene, ich werde mir niemals von dir sagen lassen, wie ich mich anzuziehen habe. Niemals. So was mache ich nicht mit.« Jetzt schaut er doch ganz schön ernst.

»Bitte. Komm schon. Darauf kannst du jetzt nicht wirklich bestehen. Ich meine: Es ist doch nur ein Gürtel.«

»Ja, Marlene, genau: Es ist nur ein Gürtel.«

In solchen Momenten hasse ich ihn. Wenn er mich mit meinen eigenen Waffen schlägt. Gleichzeitig ist da aber auch ganz viel Liebe. Dafür, dass er sich von mir nichts vorschreiben lässt. Dass ich mit ihm nicht machen kann, was ich will. Dass er sich so wenig beeindrucken lässt. Dass er so stark und schön und stolz ist. Dafür liebe ich ihn sehr. Nur seinen Gürtel eben nicht.

»Okay, hier ist der Deal: Ich ziehe an, was du willst, und du ziehst an, was ich will.« Ich schaue ihn auf die Art an, von der ich vermute, dass er nicht widerstehen kann. Auf die In-meinen-Worten-ist-ein-Blowjob-versteckt-wenn-du-machst-was-ich-will-Art.

»Ich kenne den Blick«, sagt Jakob.

»Ich kenne dich«, sage ich.

»Nicht gut genug offenbar.«

»Aber das ist doch nur fair.«

»Nein, fair wäre, wenn du mich jetzt in Ruhe lässt. Oder nackt gehst. Wenn du nackt zur Party gehst, ziehe ich an, was du willst. Deal?«

Ich denke an die Blicke von Saskia und an die der anderen. Wie sie Jakob mustern werden. Seine Schuhe, seine Jeans, den Gürtel mit der silbernen Schnalle, sein hässliches T-Shirt. Ich stelle mir vor, wie wir reinkommen werden und alle uns anstarren. *Das ist also ihr Freund. Das ist also Marlene Beckmanns Freund.*

Ich versuche mir vorzustellen, was sie sehen, und dann versuche ich, wieder damit aufzuhören. Weil es darum doch nicht geht. Es darf nicht darum gehen, dass sie ihn hübsch oder attraktiv finden. Es muss darum gehen, dass sie ihn nett finden. Nett und lustig und klug und dass sie am Ende sagen, dass wir ein wirklich schönes Paar sind und sehr gut zusammenpassen. Und damit nicht unsere Kleidung, unsere Hüllen, unsere Gesichter meinen, sondern das leise Rauschen zwischen uns, die kleinen Blicke und das laute Lachen, wenn wir uns etwas erzählen, die Magie, das Feuerwerk – all diese Dinge. Um die muss es gehen. Nicht um einen Gürtel. Und trotzdem geht es auch ein bisschen darum.

Es geht immer auch ein bisschen um die anderen, und ein bisschen geht es auch um Äußerlichkeiten.

Zwei Stunden später drücke ich auf die Klingel, auf der Saskias Name steht, und zittere dabei ein wenig. Der Türöffner summt, und Jakob und ich gehen drei Stockwerke hoch. Ich gehe voran, er dicht hinter mir, seine Hand in meiner, ein bisschen verschwitzt, ein bisschen kalt. In der Wohnungstür steht Saskia und lacht, als sie uns sieht.

Saskia wohnt mit fünf anderen zusammen im Stadtzentrum. Die Altbauwohnung hat hohe Decken und große Zimmer, es hängen Kronleuchter im Flur und im Wohnzimmer. Es gibt zwei Balkone und zwei Badezimmer. Ihre Mitbewohner sind gleichzeitig auch ihre engsten Freunde.

»Schön, dass ihr da seid«, sagt Saskia und zieht uns in die Wohnung. Sie streicht mir eine Strähne aus dem Gesicht.

»Du siehst glücklich aus. Was willst du trinken? Wir haben ... Wodka und Wein und Gin und Tonic und irgendwo auch Gurken. Oder lieber Bier?«

Saskia trägt ein schwarzes Oberteil mit einem ovalen Ausschnitt, das ihre Brüste größer aussehen lässt. Dazu einen kurzen blauen Rock und eine Netzstrumpfhose. Ihre blonden Haare, die sie heute offen trägt, fallen ihr auf die Schultern. Sie ist stark geschminkt, was an ihr sogar hübsch aussieht. Ihre Augen leuchten, und eigentlich leuchtet ihr ganzes Wesen.

Ich stehe in einer engen High-Waist-Jeans und einem sehr engen, weißen T-Shirt vor ihr. Dazu trage ich weiße Sneakers und meine Haare zu einem Dutt zusammengebunden. Wir sehen so aus, wie ich es mir immer vorgestellt habe. Wir sehen aus wie zwei Mädchen, die in einer Großstadt leben. Und wir sehen nicht nur so aus, wir sind auch genau diese zwei: ein bisschen schön, ein bisschen abgefuckt, ein bisschen mutig, ein bisschen naiv, aber vor allem sehr, sehr glücklich.

Wir reden über die Uni und über Seminare und über Thorben und seine neue Freundin, die heute auch noch kommen soll. Und ich bin mir sicher, dass alles gut ist und ich am richtigen Ort. Dass ich hierhergehöre und diese Menschen zu mir. Dass das meine Freunde sind, mein Leben, meine Uni, mein Freund. Dass ich glücklich bin. Dann greife ich nach den zwei Gin Tonic, die Saskia mir hinhält, verlasse die Küche und gehe zurück zu Jakob, zurück in das Wohnzimmer, zurück zu den anderen und diesem richtigen Leben. Ich spüre die Nacht in meinen Knochen, im Blut, das durch meine Adern saust. Ich spüre, dass das hier super wird, eine wilde Nacht, eine, über die wir später mal sagen werden, dass das die gute alte Zeit war.

Die Party füllt sich, mittlerweile ist die ganze Wohnung voller Menschen. Sie sitzen auf dem Boden und auf Kissen, sie stehen im Flur, auf den Balkonen und im Wohnzimmer. Thorben steht vor den großen Fenstern hinter einem improvisierten DJ-Pult und legt auf. Es ist sehr laut, und es wird viel geraucht und gelacht, der Bass brummt im Kopf, der Gin auch. Ich tanze mit Jakob, und wir küssen uns, und ich fühle mich leicht und hell und schön und glücklich.

Später sitze ich mit Saskia und Jakob zusammen auf dem Boden, und wir sprechen darüber, was wir werden wollen, wenn das Studium vorbei ist. Das ist ein Spiel zwischen uns, und es heißt »Das Wenn-ich-könnte-dann-würde-ich-Spiel«.

Saskia sagt: »Wenn ich könnte, dann würde ich an diesem Ort leben.«

»Teneriffa«, sage ich, und Jakob lacht.

»Du warst noch nie auf Teneriffa, woher weißt du, dass du da leben willst?«, fragt er.

»Ich war schon mal da. Es ist lange her«, sage ich.

»Ich würde nirgendwo lieber leben als hier«, sagt Saskia.

»Warum? Ich meine, die Stadt ist gut und die Uni auch, aber das hier ist doch nicht der beste Ort der Welt«, sagt Jakob.

Saskia wirft mir einen langen Blick zu und antwortet dann: »Doch, ich denke, das hier ist der beste Ort der Welt. Willst du auch wissen, warum?«

Jakob nickt.

»Weil *wir* hier sind.« Sie lacht und Jakob auch. Ich lache nicht, weil ich weiß, dass das kein Witz war. Ich weiß, dass Saskia das sehr ernst meint, und ich weiß, dass sie recht hat.

»Wenn ich könnte, dann würde ich das mal ausprobieren«, sagt Jakob jetzt, und Saskia ruft: »Nackt schwimmen!«

»Nackt schwimmen?«, fragt Jakob etwas verwundert.

»Oh doch, genau das würde ich mal machen. Wenn ich könnte. Aber ich kann nicht.«

»Weil du nicht schwimmen kannst«, sagt Jakob und lacht. Saskia lacht nicht. Sie kann tatsächlich nicht schwimmen, und ich weiß, dass ihr das sehr unangenehm ist und sie spätestens jetzt bereut, es erwähnt zu haben.

Um sie zu retten, sage ich: »Heroin« und grinse.

»Du würdest am liebsten mal Heroin ausprobieren?«, fragt Jakob ungläubig.

»Ja, natürlich. Wenn es mich nicht umbringen würde und wenn ich nicht abhängig werden würde, dann schon.«

»Also, wenn eine Person auf dieser Welt nicht abhängig wird, dann du. Du rauchst so gut wie nie, du trinkst meistens nicht besonders viel. Du wirst sehr sicher niemals abhängig von irgendwas«, sagt Saskia.

»Außer von Parmesan«, sagt Jakob.

»Und, was würdest du machen, wenn du könntest?«, fragt Saskia ihn.

»Heiraten«, sagt Jakob und schaut mich an. »Ich würde heiraten.«

»Moment mal, das ist eine Mutprobe für dich?«, frage ich ein bisschen entsetzt, ein bisschen beleidigt und sehr betrunken.

»Ja, natürlich ist das eine Mutprobe. Ich meine: heiraten. Wer heiratet denn heute noch? Und wer glaubt daran, dass das funktioniert? Kennt ihr irgendeine superglückliche Ehe, die funktioniert? Oder irgendwen, dessen Eltern nicht geschieden sind? Na ja, außer meine vielleicht.« Wir schweigen. Zwischen all dem Geschrei und der Musik, zwischen dem Rauch und dem Alkohol sitzen wir zu dritt auf dem Boden und schweigen.

»Scheiß Thema«, sagt Saskia.

»Ja, scheiß Thema«, sage ich.

»Ich gehe mal noch was zu trinken holen«, sagt Jakob und steht auf.

Ich bleibe bei Saskia sitzen, und sie legt ihre Hand auf mein Knie.

»Weißt du, Marlene, ich glaube, der Jakob meint es wirklich ernst mit dir. Das ist ein guter Typ.«

»Ja«, sage ich.

»Ja«, sagt sie. Dann lächeln wir uns an, und ich greife nach ihrer Hand und drücke sie fest.

Als Jakob wiederkommt, stehe ich auf, um auf die Toilette zu gehen. Vor beiden Türen hat sich eine Schlange gebildet, und ich stelle mich hinter einen jungen Mann, den ich noch nie gesehen habe.

»Na«, sagt er und sieht mich an.

»Na.«

»Ich warte hier auch schon zehn Minuten. Dauert noch etwas.«

»Oh, okay«, sage ich.

Etwas an ihm macht mich nervös. Sein schneidender Blick vielleicht oder sein Kiefer, der so angespannt aussieht. Vielleicht werde ich auch einfach langsam müde und nüchtern.

»Ich bin übrigens Ronny«, sagt er jetzt und hält mir seine Hand entgegen.

»Hi, schön, dich kennenzulernen. Woher kennst du Saskia? Oder bist du die Begleitung von jemandem?«, frage ich, um irgendwas zu sagen.

»So könnte man das auch ausdrücken«, sagt Ronny und grinst.

»Wie meinst du das?«

In diesem Moment öffnet sich die Badezimmertür, und ein Mädchen drückt sich an uns vorbei.

»Willst du es rausfinden?«, fragt Ronny und hält mir die Tür auf.

»Ich hab einen Freund, sorry.«

Ronny lacht. Er lacht laut und sagt: »So meinte ich das nicht.«

Er greift in seine Hosentasche und zieht ein kleines, gefaltetes Stück Papier heraus.

»*Das* meine ich. Komm rein.«

Und dann zieht er mich in das Badezimmer und schließt die Tür hinter uns.

4.

Wenn man mittendrin steckt, denkt man immerzu: Das ist nur eine Phase. Ich habe keine Ahnung, wann genau sie angefangen hat und wie lange sie geht, aber es ist nur eine Phase. Das hier ist nicht für immer. Nichts, das sich in mich hineinätzt und alles andere bestimmen wird.

Kein ganzes Kapitel, nein, so groß ist es nicht. Nur eine Fußnote. Es wird vorübergehen. Und dann wird alles wieder gut. Das kann man sich eine sehr lange Zeit einreden. So lange eben, bis selbst eine äußerst weitgefasste und euphemistische Definition von »Phase« an ihre Grenzen stößt. So lange, bis aus »ein Wochenende« »ein Jahr« geworden ist. Oder zwei. Oder noch mehr. Irgendwann wacht man auf und weiß es. Man weiß, dass aus »vorübergehend« unbemerkt »dein Leben« geworden ist.

Dabei sah es gar nicht so schlecht aus, dieses Leben. Es sah sogar ziemlich vielversprechend aus. Mein Leben. Bis es auseinanderfiel und damit auch alle Versprechen brach, die es mir und allen anderen gegeben hatte. Denn wenn eigentlich alles gut läuft, dann ist das Leben eine Art Schuldschein. Die Schuld ist: es zu erhalten. Es zu schützen. Weiterzumachen. Nicht zu jammern. Um Himmels willen nicht zu jammern. Selbstmitleid ist etwas für die, die es sich verdient haben. Und selbst die müssen schon wirklich gute Gründe haben. Ansonsten darf nicht gejammert werden. Anderen geht es schlechter. Anderen geht es so viel schlechter als mir.

Das ist der einzige Gedanke, der mich an diesem Morgen das Telefonat mit meiner Mutter und den Facebook-Chat mit Jakob durchhalten lässt. Es ist mein erster Tag in dem Job, den ich für das Maximum dessen halte, was ich zu diesem Zeitpunkt erwarten und verdienen kann. Ich arbeite als Community Managerin für einen Konzern, den jeder kennt, dessen Produkte alle besitzen und der sehr viel mehr »Anforderungen« als »Wir bieten« in seiner Stellenausschreibung stehen hatte. Hier kann man sich das leisten. Alle wollten den Job, ich habe ihn bekommen. Nach ungezählten Praktika und Bewerbungen, nach all der langen Zeit.

Um halb eins gingen alle nach und nach in die Kantine. Ich habe mich nicht getraut, alleine etwas essen zu gehen. Gefragt hat mich niemand. Auch Maya, die heute mit mir angefangen hat, war schon mit einem alten Bekannten verabredet, der ein paar Stockwerke tiefer arbeitet. Ich blieb im Büro zurück und saß alleine an meinem Platz und dachte: *Scheiße, Marlene, was machst du hier eigentlich?*

Eine Viertelstunde später bin ich aufgestanden und einfach hinausgegangen. Ich lief durch die Nachbarschaft, die überwiegend aus Industrie-Gelände und Nichts besteht. Es nieselte, und ich versuchte, an nichts zu denken. Nach der Mittagspause würde ich sagen können, dass ich frische Luft geschnappt habe. Das klingt doch gut. Ich bin nicht allein, ich bin nicht verängstigt, ich bin nicht merkwürdig. Ich bin spazieren gegangen, und mir geht es sehr, sehr gut.

Um zwanzig nach eins ging ich zurück und rauchte drei Zigaretten vor dem Gebäude. Dann rief ich meine Mutter an.

»Hey Mama, hier ist Marlene.«

»Ja, weiß ich, das wird angezeigt, wenn du anrufst. Wie ist es gelaufen?«

»Toll. Es ist toll gelaufen. Wirklich ganz toll. Alle waren sehr nett, und ich habe das Gefühl, dass ich hier viel lernen kann. Ich freue mich sehr.«

Ich höre ein Rascheln und weiß, dass sie sich gerade an ihrem Ohrläppchen kratzt. Das ist kein gutes Zeichen.

»Du sagst das, als gäbe es ein *Aber.*«

»Nein, nein, gibt es nicht, es ist toll!«

Sagte ich das nicht schon mal? Welche ähnlichen Wörter fallen mir ein? Großartig, fantastisch (das ist zu überzogen, das merkt sie sofort), herausfordernd (das muss ich ergänzen: herausfordernd im positiven Sinn), interessant, spannend. Das müsste reichen.

»Erzähl doch mal: Was hast du gemacht? Wie ist dein Chef? Und deine Kollegen, hast du die schon alle kennengelernt?«

Meine Stimme wird zittern, wenn ich antworte. Ich weiß es, schon bevor ich den ersten Satz gesagt habe. Ich weiß es, weil ich immerzu denke: *Kannst du mich in den Arm nehmen, Mama, ich schaffe das hier sonst nicht.*

»Den Chef habe ich nur heute Morgen kurz gesehen. Das war nett. Ich kenne ihn ja schon aus dem Vorstellungsgespräch, erinnerst du dich? Stefan heißt er. Eine Kollegin hat mir alles gezeigt und mich in mein erstes Projekt eingearbeitet. Mein Büro teile ich mir mit Maya, der anderen

Volontärin. Ich glaube, das wird toll. Großartig. Ich meine, das wird spannend. Eine Herausforderung.«

»Das klingt doch gut. Ich bin stolz auf dich.«

Rascheln. Atmen. Dann: »Geht es dir gut, Marlene?«

Ich halte die Luft an. Ich darf nicht weinen. Ich darf nicht zugeben, wie viel Angst ich habe und wie unwohl ich mich in dem riesigen Gebäude fühle, das zwischen noch mehr riesigen Gebäuden steht, die alle gleich aussehen. Ich darf nicht sagen, dass ich glaube, dass alle merken werden, dass ich eigentlich überhaupt nichts kann und sie besser Anne hätten nehmen sollen, meine Kommilitonin aus dem »Marketing und PR«-Seminar. Anne wäre cool und selbstbewusst und fähig. Sie hätte den Job verdient, ich nicht. Ich bin nur Angst. Und genau das unterscheidet mich von einer Hochstaplerin: Angst. Angst, die mich nicht motiviert, sondern lähmt. Ein Hochstapler würde ekstatisch gespannt sein ob der Vorstellung, erwischt zu werden. Ich bin nur ekstatisch-panisch.

»Mir geht es super, ja. Es ist nur alles noch sehr neu, ich muss mich erst mal einleben. Ich wollte auch nur Bescheid sagen. Kurz mal anrufen. Durchgeben, dass alles gut gelaufen ist und so. Ich muss jetzt mal wieder rein, damit die nicht schon am ersten Tag denken, dass ich ständig Pause mache.«

»Ja, natürlich, klar, mach das. Schön, dass es so gut läuft. Aber da mache ich mir bei dir natürlich eh keine Sorgen.«

»Hmm, ja, ich auch nicht. Haha.«

»Gut, Marlene, ich denke an dich, tschüss!«

Ich sage leiser als gewollt Tschüss und blinzle sehr schnell, während ich ein- und ausatme. Das hilft gegen die Tränen. Ich tippe auf meinem Smartphone herum und scrolle mich durch Instagram und Facebook. Bloß so tun, als hätte ich hier draußen etwas Wichtiges zu tun. Bloß beschäftigt wirken, bis ich wieder wie die Marlene aussehe, die ich sein sollte. Freundlich, professionell, klar. Das ist Marlene Beckmann. Keine Angst. Niemals Angst zeigen. Angst und Unsicherheit sind für Menschen, die nicht wissen, was sie tun. Ich aber weiß, was ich hier mache. Ich weiß es.

Nach ein paar Minuten geht es endlich besser, und ich stecke das Telefon in meine Jackentasche und gehe in das Gebäude zurück.

Auf dem Weg zum Fahrstuhl tippe ich eine Nachricht an Jakob:

> Melde mich gehorsamst von der Front: Kämpfe mich tapfer durch den ersten Tag. Freue mich auf heute Abend.

Jakob ist online und antwortet sofort:

> Schön! Will einen ausführlichen Lagebericht nachher. Thorben fragt, ob er heute Abend vorbeikommen kann. Eher nicht, oder?

Ich tippe mit dem Finger in das Antwortkästchen, schließe den Messenger dann aber wieder. Ich will Thorben nicht sehen. Ich will Jakob nicht sehen. Ich will heute Abend niemanden sehen. Ich will mich betrinken und in meiner *Mädchen-WhatsApp-Gruppe* herausfinden, warum ich mich nicht freuen kann. Warum ich so viel Angst habe. Was ich morgen anziehen soll. Ob die anderen sich an ihrem ersten Arbeitstag auch so mies gefühlt haben. Wie ich mir all die neuen Namen besser merken kann. Warum sich das hier so anders anfühlt als die Praktika, die ich in den letzten Jahren absolviert habe. Ob alles gut wird. *Dass* alles gut wird.

Hey Süße, will ich hören, *du bist ein ganz, ganz toller Mensch.* Was sie mir nie sagen würden: dass ich eventuell einen Fehler mache. Dass ich eine Probezeit habe, die nicht nur bedeutet, dass das Unternehmen herausfindet, ob es mich mit einer zweiwöchigen Kündigungsfrist ohne großes Aufsehen wieder rausschmeißen möchte, sondern dass auch ich die Möglichkeit habe zu gehen, wenn ich mich unwohl fühle. Dass die ganzen Lifestyle-Magazine jungen Frauen immerzu sagen, dass wir nur endlich herausfinden müssen, womit wir glücklich sind, und dann ist alles toll. Dass genau diese Magazine davon leben, dass das absolut unmöglich ist. Dass es zumindest nicht so funktioniert, dass man *25 Fragen, die dir verraten, was du wirklich brauchst* ankreuzt und dann weiß, was man *wirklich braucht.* Dass man genau das vielleicht niemals herausfindet, aber dass das auch okay ist, weil man ja trotzdem in der Zwischenzeit weiterlebt. Und dass Scheitern manchmal keine Chance, keine Lektion, kein Weg zum Erfolg ist, sondern einfach nur das: schmerzhaft. Und dass aber auch das vorbeigeht. Wie alles.

Dass ich übertreibe, mich reinsteigere und *nicht so ein Opfer* sein soll, würden sie mir nie sagen. Sie würden mir nie sagen, dass man manchmal auch einfach die Zähne zusammenbeißen muss, weil irgendjemand die Miete überweisen und den Studienkredit abbezahlen muss – im besten Fall nicht Mama und Papa. Sie würden mir nie sagen, dass sie selber furchtbare Angst haben. Weil *ich* es auch nie sagen würde und immer nur so sehr jammerc, dass niemand auf die Idee käme, ich hätte ein ernsthaftes Problem. Niemand anderes und ich erst recht nicht.

Im Fahrstuhl drücke ich meine heiße Stirn an die Metallverkleidung und dann den Knopf meines Stockwerks. Wie würde sich die junge Marlene Beckmann in diesem Augenblick wohl fühlen? Ich denke an mein altes Ich, an einen Moment in der Oberstufe meiner Schule. Es ist ein sonniger Nachmittag, Leistungskurs Deutsch, wir lesen »Iphigenie auf Tauris«.

Ich mag das Drama, die Qual, das Leid und die Verzweiflung. Ich verstehe nichts, aber mir gefällt alles. Ich warte auf die Klingel, die uns in den Nachmittag entlässt. Neben mir schaut Arne gleichermaßen gelangweilt wie angestrengt in die Lektürehilfe. Arne ist mein Freund, nicht mein erster, aber der erste »richtige«. Auch wenn ich noch gar nicht weiß, was das eigentlich bedeutet. Ich schaue ihn an, als mein Name fällt.

Der Lehrer wiederholt die Frage: »Was bedeutet dieser Satz, Frau Beckmann?«

»Welcher genau?«, frage ich. Ich schäme mich ein wenig, weil ich nicht einmal weiß, in welchem Akt wir sind. Das ärgert mich, denn sonst weiß ich das immer. Ich bin nicht beunruhigt. Ich kann mich rausreden. Das konnte ich schon immer.

»Der Zweifel ist`s, der Gutes böse macht.«

»Ach so, na klar. Er bedeutet, dass wir Vertrauen haben müssen in uns selbst und in die, die uns nahestehen.«

Mein Lehrer schüttelt den Kopf.

»Was genau soll das mit Iphigenie zu tun haben?«

»Sie appelliert an Thoas.«

»Aha. Warum?«

»Weil er Zweifel hat.«

»Frau Beckmann, das ist bestechend logisch, aber geht es auch ...«

Der Gong unterbricht uns, ich stehe auf und beginne, meine Sachen in den abgenutzten Rucksack zu stopfen. Gleich fahre ich mit Arne zu mir nach Hause. Wir werden die Spaghetti essen, die meine Mutter uns gekocht hat, und dabei über unsere »Probleme« reden – Noten, Tratsch und Gejammer über zu viele Referate – wie jeden Tag. Wir wollen vielleicht später ins Schwimmbad oder einfach nur irgendwo in der Sonne liegen – wie jeden Tag. Denn das ist mein Leben: Schule, Mittagessen, Hausaufgaben, Freunde, Abendessen, Schlafenszeit. Und dazwischen Arne und süße Küsse und das, was wir für Sex halten, und ein paar Versprechen und ein paar Tränen und ganz viel Hoffnung auf einfach alles. Dabei warten wir eigentlich nur auf das Wochenende und aufs Abitur und auf all die Dinge, die danach endlich mal auf *uns* warten. Wie jeden Tag.

Ich stehe im Fahrstuhl, Iphigenies Worte in Gedanken wiederholend. In der Abitur-Prüfung bekam ich fünfzehn Punkte. Ich weiß noch immer nicht, was sie anderes gemeint haben könnte als genau das, was sie sagte: *»Der Zweifel ist`s, der Gutes böse macht.«*

Ich weiß noch immer nicht, wann sich *jeder Tag* nicht mehr wie *jeder Tag,* sondern plötzlich so kompliziert angefühlt hat. Ich weiß nicht, wann das angefangen hat, dass sich überhaupt alles so furchtbar kompliziert anfühlt und Jahre wie verschwunden und Tage wie Ewigkeiten geworden sind. Ich weiß nicht, warum ich genau jetzt daran denken muss, warum ich mich kaum erinnere an diese Jahre, in denen genau das das Einzige war, das ich erreichen wollte: einen Knopf drücken, um in die Etage zu gelangen, in der ein Schreibtisch mit meinem Computer steht, auf dem ich mich einlogge, um das zu tun, worauf mich mein Studium vorbereitet hat.

Überhaupt weiß ich sehr wenig, aber im Büro rufe ich mein Facebook-Profil auf und tippe: »Yay, erster Tag!«, dazu lade ich eines der 25 Selfies hoch, die ich heute Morgen vor dem Gebäude gemacht habe, aber erst posten wollte, wenn der Vormittag überstanden ist. Als »Ort« gebe ich das Unternehmen an und als »Stimmung« wähle ich »motiviert«, überlege es mir aber dann noch mal anders, denn das hier ist doch einer der besten Tage meines Lebens, ich bin doch jetzt eine von denen, die es »geschafft« haben, also klicke ich auf »glücklich«, denn »glücklich« muss ich sein, und genau das sollen alle sehen.

Dann antworte ich Jakob, dass Thorben *natürlich sehr gerne* vorbeikommen kann, schließlich müssen wir diesen Tag doch gebührend feiern, und dann öffne ich wieder die Facebook-App und schaue zu, wie die Like-Zahl steigt: Daumen hoch, Daumen hoch, Herzchen, Glückwünsche und noch mehr Herzchen. Ich aktualisiere die Seite immer wieder, als würde sich dadurch etwas ändern, aber natürlich gibt es nur immer noch mehr Likes und Kommentare, denn selbstverständlich freuen sich meine Freunde für mich und alle anderen auch. Und je mehr sich alle freuen, desto zufriedener werde ich. »Alles richtig gemacht«, kommentiert Saskia. Jakob und Tim liken ihren Kommentar, ich natürlich auch, denn das ist ja sehr lieb, dass sie das so sieht, und irgendwann, eines Tages, sehe ich das vielleicht genauso, und dann, an ebendiesem Tag, wird sich endlich alles gut anfühlen.

5.

Wir stehen in einer dieser Bars, in denen Festangestellte Aber-heute-höchstens-einen-ich-muss-morgen-früh-raus-Drink bestellen und so tun, als hätte das Ganze absolut nichts mit Arbeit, aber sehr viel mit Vergnügen zu tun. In Gruppen stehen sie zusammen, all jene, die sowieso immer zusammen sind, denn nach dem Büro ist im Büro. Es riecht nach Stress und Schweiß, nach Büro-Mundgeruch und Langeweile, aber die Drinks sind bunt und billig und die Musik geschmacklos und laut, und deshalb stehen wir hier rum und tun so, als hätten wir gerade mächtig viel Spaß.

»Ich bin echt so froh, dass du meine Kollegin bist«, lallt mir Maya ins Ohr, während sie den dritten Aperol Spritz trinkt und ich ein bisschen Angst bekomme, dass sie sich gleich übergeben muss.

»Ja, ganz toll«, sage ich und lächle wie jemand, der das Gegenteil meint.

Ich bin seit drei Wochen in der Firma und sehr, sehr müde. Die Müdigkeit ist so groß, dass sie ein Teil von mir geworden ist. Wenn ich viel zu tun habe, ziehe ich zu Hause ein bisschen Ritalin. Wenn das nicht geht, weil Jakob da ist, nehme ich es auf der Firmen-Toilette. Ritalin ist ja keine »richtige«

Droge, das erzähle ich mir gerne, das ist ja Medizin, nehmen andere ja auch, sogar Kinder. Außerdem habe ich gelesen, dass Studenten und Manager damit ihre Leistung steigern. Ich werde immer dünner und komme abends schlecht runter vom Speed. Immer öfter sitze ich zähneknirschend und nervös neben Jakob, und immer öfter fragt er mich, warum ich dermaßen angespannt sei. Eigentlich dosiere ich alles so sorgfältig, dass niemand etwas merken kann: Morgens ein bisschen Ritalin, selten auch mal eine Line Speed, mittags lege ich noch mal nach. Wenn ich dann gegen elf zusammen mit Jakob ins Bett gehen möchte, bin ich zwar unendlich erschöpft, gleichzeitig aber hellwach und aufgekratzt. Dann will ich mit ihm über den Tag reden, während er nur noch schlafen will.

Wenn ich abends noch nicht nüchtern bin, nehme ich manchmal heimlich eine Schlaftablette, und zwar genau dann, wenn Jakob das erste Mal gähnt. Es dauert eine halbe Stunde, bis sie wirken – so lange wie Jakob vom ersten Gähnen bis zum »lass uns ins Bett gehen« auch braucht.

Den Gewichtsverlust erkläre ich durch den Stress, so wie alles andere auch. Und weil ich so viel Stress habe, bin ich eben auch etwas schusselig. Ich habe zum Beispiel das Geburtstagsgeld meiner Mutter »verloren«. Kann ja mal vorkommen. Dass ich es in Wahrheit dem Dealer in die Hand drückte: das weiß ja nur ich. Und weil ich auch eine sehr gute Kollegin bin, trotz des ganzen Stresses, habe ich das Geld, das Jakob und ich für den Urlaub gespart haben, Maya »geliehen«. Deshalb können wir auch keinen Urlaub auf den Malediven machen, sondern nur ein einigermaßen preiswertes Hotel in Strandnähe auf den Kanaren buchen.

Natürlich habe ich mich dafür geschämt, aber als ich einen Monatsvorrat an Drogen in den Händen hielt, war alles vergessen. Weil mein Geld schon lange nicht mehr für Kokain reicht, ziehe ich seit einer Weile fast nur noch Speed und Ritalin. Das kostet mich zweihundert Euro im Monat, dafür gebe ich kaum noch Geld für Mahlzeiten außerhalb der Kantine aus und bitte Jakob oft, für uns zu kochen. Und dann ist da ja auch noch immer das Sparkonto, das mein Vater für mich anlegte, als ich geboren wurde. Jakob und ich haben kaum noch Sex und dafür jede Menge Streit, jeden Tag. Ich suche Konflikte und Reibung, weil ich kein anderes Ventil für den Druck habe, unter dem ich stehe. Ich bin elektrisiert und aggressiv und wütend. Wütend auf mich, weil ich nicht besser funktioniere, weil ich nicht glücklicher bin, weil ich es ohne Hilfsmittel kaum noch durch die Tage schaffe.

Jeden Morgen klingelt der Wecker, und ich kriege eine ganz kleine Panikattacke, und dann beruhige ich mich wieder, *es wird alles gut, Marlene, es wird alles gut, nichts Schlimmes wird heute passieren.* Das sind die Momente, in denen ich mir nicht vorstellen kann, dass ich es durch den Tag schaffe. Dann bin ich mir sicher, dass ich auf dem Weg ins Bad einfach zusammenbrechen werde. Aber natürlich passiert nichts davon jemals, natürlich stehe ich auf, ziehe mich an, funktioniere, arbeite, spreche und laufe wie jemand, der nicht völlig erschöpft ist.

Das Büro, das ich mir mit Maya teile, ist winzig. Unsere Schreibtische müssen nebeneinander an der Wand stehen, damit wir darin beide Platz haben. Ich nenne es deshalb den »Schlauch«. Am Ende vom Schlauch befindet sich ein kleines Guckloch, durch das ein wenig Tageslicht fällt, was schön ist, denn so wissen wir zumindest, ob Tag oder Nacht ist. Im Grunde wohnen Maya und ich im Schlauch. Obwohl der Schlauch klein und dunkel ist, würden wir beide immer behaupten, dass unser Arbeitsschlauch *ganz, ganz toll* ist und wir ihn lieben und *sehr, sehr dankbar* dafür sind, im Schlauch wohnen zu können, was wir natürlich nicht machen, weil wir ja auch ein sehr gutes Privatleben haben und jede Menge erleben, aber toll, hier zu sein, danke, danke, danke.

Der Schlauch ist jetzt mein Zuhause, darin wohne und schlafe ich mit offenen Augen, hier schreibe ich auf Facebook lustige Postings, um meinen 532 Freunden mitzuteilen, dass es mir extrem gut geht und ich so dermaßen erfolgreich bin. Wenn dann die ersten Freunde mein Glück liken und kommentieren, fühle ich mich für einen Moment sehr ruhig. Ich mache das Richtige, ich arbeite, ich funktioniere, ich networke, ich mache *Karriere*, ich bin ein wertvolles Mitglied dieser Gesellschaft und trage zum Bruttoinlandsprodukt bei, zahle Steuern und unterstütze die Industrie mit meinem ständigen Konsum von unnützem Zeug. Ich bin ein sehr guter Mensch.

Neben uns steht unser Chef Stefan. Manchmal schaut er ein wenig besorgt zu mir hinüber, weil Maya so aussieht, als sollte sie langsam mal nach Hause gehen. Ich fühle mich nicht verantwortlich für sie, also lächle ich nett und tue so, als wüsste ich nicht, was er mit seinen Blicken meint. Stefan trägt eine elegante, dunkelblaue Anzughose und ein weißes Hemd, bei dem er den obersten Knopf geöffnet hat. Sein Bart ist perfekt rasiert und sein Haar perfekt gestylt.

Seine Augen sind sehr blau, seine Zähne sehr weiß. Das war das erste Detail an ihm, das mir auffiel, als ich in meinem Bewerbungsgespräch vor ihm saß. Wie weiß seine Zähne sind. Und dass er sie oft zeigt, sein Lächeln aber niemals aufgesetzt wirkt. Stefan ist sechsundvierzig, Vater von zwei Söhnen und seit ein paar Jahren verheiratet mit einer Frau, von der weder Maya noch ich den Vornamen wissen. Stefan spricht über seine Söhne, aber niemals über seine Frau. Stefan wählt seine Worte mit Bedacht, es entsteht jedoch nie der Eindruck, er würde sich jedes seiner Worte überlegen. Stefan spricht meistens eher leise. Stefan ist attraktiv, schlank, freundlich und immer gerade so interessiert, dass ich schnell vergesse, dass er mein Vorgesetzter ist. Ich vertraue ihm. Und ich habe Angst vor ihm. Stefan hat Karriere gemacht. Das konnte ich in seinem LinkedIn-Profil sehen, das ich auswendig gelernt habe, damit ich in Gesprächen unauffällig die Firmen loben kann, für die er tätig war.

»Und, Marlene, fühlst du dich wohl bei uns?«, fragt Stefan mich jetzt, vermutlich, um sich aus dem Gespräch mit Maya zu schleichen.

»Ja, es ist toll. Ich bin unglaublich dankbar für die Chance, ein Teil der Firma zu sein und von all dem, wofür sie steht.«

»Ja, ich weiß, was du meinst«, lallt Maya und legt ihren Arm um mich.

»So langsam bist du ja auch richtig angek ... seid *ihr* richtig angekommen im Team, oder?«, fragt Stefan.

»Ja total!«, sagt Maya.

»Ja, sind wir. Wir fühlen uns beide superwohl bei euch«, sage ich.

»Das ist toll. Toll, toll«, sagt Stefan. Dann schaut er in sein leeres Glas und sagt: »Ich gehe mir noch mal was zu trinken holen. Wollen die Damen auch?«, sieht dabei aber nur mich an. Ich schüttle den Kopf.

Als er weg ist, befreie ich mich aus Mayas Umarmung und schiebe sie vor die Tür. Maya lacht und winkt Menschen zu, die ich noch nie gesehen habe. Ich lächle entschuldigend, natürlich ist alles okay, wir sind bloß zwei Kolleginnen, die Arm in Arm vor die Tür gehen, alles super, alles nur Spaß und hier gibt es kein Problem und nichts zu sehen, einfach lächeln, winken, weitergehen.

»Ich glaube, du solltest nach Hause gehen«, sage ich, als wir endlich draußen sind.

»Nein, mir geht's gut!«

»Nein, geht es dir nicht. Du bist viel zu betrunken.«

»Nein.« Sie verschränkt trotzig die Arme und schüttelt den Kopf.

»Komm schon, ich rufe dir ein Taxi, okay?«, versuche ich es noch einmal.

»Nein, ich kann mich um mich selber kümmern. Gerade von dir brauche ich echt keine Hilfe.«

Sie starrt mich wütend an. Ich versuche wie jemand zu wirken, der Psychologie studiert hat und mit jemandem redet, der gerade ein bisschen psychotisch ist. Aktives Zuhören und so, immer ruhig und freundlich bleiben. Vielleicht klappt das ja.

»Du fühlst dich gerade vielleicht bevormundet, das ist aber gar nicht meine Absicht. Ich möchte dir nur helfen. Lässt du mich dir helfen?«

Maya lacht. Sie lacht laut und hysterisch und geht einen Schritt auf mich zu, bis sie ganz nah vor mir steht.

»Von dir lasse ich mir nicht *helfen*, kleine Miss Perfect.« Dann grinst sie, als habe sie endlich etwas angesprochen, das sie schon lange gedacht und jetzt endlich mal laut ausgesprochen hat.

»Wie meinst du das?«, frage ich.

»Die tolle Marlene. Immer ist sie so scheiß perfekt. Sieht immer so top gestylt aus. Ist immer so gut gelaunt. Macht immer gute Arbeit. Die tolle, tolle Marlene.« Sie lacht und dreht sich dann weg. Ich greife nach ihrem Arm, erwische ihre Schulter und halte sie fest, dann drehe ich sie zu mir. Dabei lege ich beide Hände auf ihre Schultern.

»Ey. Moment mal. Warum sagst du so was? Du siehst doch selber immer super aus und machst sehr gute Arbeit. Kein Grund, hier so scheiße zu sein.«

»Ah, jetzt bewertest du meine Arbeit, ja? Das ist ja lieb von dir, danke. Freut mich ganz doll, dass du meine Leistung anerkennst. Zahlst du dann ab jetzt auch mein Gehalt?«

Ich lasse sie los und betrachte sie kopfschüttelnd. Ihr Lippenstift ist ein wenig verschmiert, und ihre Augen sind trüb und blau. Im Licht der Lampions, die über uns an der Markise der Bar befestigt sind, sehen sie wie Milchglas aus. Es hat ein wenig geregnet, die Luft ist kalt und feucht. Ich friere und will nicht hier stehen, erst recht nicht mit ihr.

»Hör mal, du bist echt betrunken, und ich hoffe einfach mal, dass du diese ganzen Sachen nicht wirklich so meinst. Ich gehe jetzt wieder rein und kann dir nur noch mal empfehlen, nach Hause zu fahren. Nimm dir ein Taxi, die Firma zahlt das doch eh.«

»So so, duuuuu kannst mir also empfehlen. Fuck you, Marlene.«

Ich nicke und drücke die Tür zur Bar auf. Warme, feuchte Luft umgibt mich, die Musik, die Stimmen, die Menschen. Ich weiß nicht, was ich hier mache. Ich sehne mich nach Jakob und meinem Bett, vor allem nach meinem Bett, ich will einfach nur schlafen.

Eine Hand legt sich auf meine Schulter. Ich drehe mich um und sehe Stefan hinter mir stehen, der zwei Gläser in der Hand hält.

»Hier«, sagt er und drückt mir eines davon in die Hand. Dann lässt er das andere gegen meines stoßen und fragt, ob ich Maya dazu überredet hätte, nach Hause zu gehen.

»Hat nicht so viel gebracht. Sie hört leider nicht auf mich.«

»Ja, habe ich mir gedacht. Wir müssen eh mal schauen, wie es für sie weitergeht«, sagt Stefan gleichgültig.

»Wie meinst du das?«

»Ich finde es ein bisschen ... *schwierig*. Mit ihr. Wir sind immerhin in der Abteilung für Öffentlichkeitsarbeit, Presse und PR, jemand in ihrer Position sollte wissen, wie man sich benimmt. Und wann Schluss ist.«

»Ja, aber das hier ist ja privat. Also wir sind ja hier nicht bei der Arbeit.«

»Weißt du, Marlene, in dieser Branche und in diesem Job unterscheiden wir nicht zwischen *Privat* und *Arbeit*. Oder besser gesagt: Es gibt kein *Privat*. Es gibt nur das Unternehmen. Ihr, du, sie, ich, wir stehen für das Unternehmen. Wir sind das Gesicht.« Er lächelt, stößt noch einmal an – »Auf die Arbeit, haha« – und entschuldigt sich dann, er müsse noch mit jemandem reden.

Ich stelle mein Glas auf die Theke und gehe auf die Toilette. Ich weiß nicht, was ich sonst tun soll und wie ich mich verhalten soll zwischen all diesen Menschen, die mir so fremd sind und mit denen ich reden müsste, aber nicht kann, weil ich nicht weiß, was ich sagen soll. Jedes Gespräch fühlt sich wie ein Test an, wie eine weitere Aufgabe, die ich erledigen muss. Ich bin mir nicht sicher, *was* getestet wird, aber ich denke, es hat etwas mit meinem Verhältnis zwischen Arbeit und Privatleben zu tun.

Im Waschraum stehe ich einen Moment vor dem Spiegel, der an der Tür angebracht ist, und betrachte mich. *Aha*, denke ich. *So sieht also Marlene Beckmann aus. Und das ist jetzt ihr Leben. Sie arbeitet hart, die Marlene. Sie geht einer geregelten Beschäftigung nach, die Marlene. Man kann stolz auf sie sein. Sie erreicht etwas, sie kann etwas, sie ist wer. Gute Marlene. Fuck you, Marlene.* Ich schließe die Augen und zähle bis zweiundzwanzig. In mir ist nur Rauschen und Gedankenbrei, der sich heiß und eklig anfühlt.

Ich bin so unglaublich müde.

Dann öffne ich die Augen, wasche mir die Hände, atme tief ein und sehr langsam aus. Dabei drücke ich meine Zunge an den Gaumen, weil ich gelesen habe, dass das gegen die Panik hilft. Mir wird ein bisschen schlecht. Ich spreche mit mir selber, weil das beruhigender ist als die verdammte Zunge am Gaumen. Sprechen hilft mir. Sprechen hat die Angst schon immer ein bisschen in Schach gehalten. *Ruhig, Marlene*, sage ich, *sei ganz ruhig. Du bist nur überarbeitet, du bist nur sehr, sehr müde und du gehst jetzt da raus, verabschiedest dich von allen und fährst nach Hause. Du kannst das. Atmen. Einfach atmen. Die Angst nicht zulassen, die Müdigkeit auch nicht, die Panik erst recht nicht. Du bist ein Haus voller Licht, und es ist nur Ruhe in dir.*

So etwas denke ich, weil ich das aus meiner Achtsamkeits-App kenne. Da stellt man sich vor, ein Haus voller Licht zu sein. Nichts anderes, nur das. Und in diesem Moment, auf der Toilette dieser Bar, erscheint mir diese Vorstellung wunderschön und beruhigend. Ein Haus voller Licht.

Ein paar Minuten später schaue ich mich suchend in der Bar um, die sich ein wenig geleert hat. Stefan steht mit zwei Frauen zusammen, die beide in der Assistenz der Geschäftsführung arbeiten. Ich gehe auf sie zu. Ich bin ein Haus voller Licht. Ich stelle mich zu ihnen und sage so fröhlich ich kann, dass ich einen wirklich schönen Abend gehabt habe. Danke noch mal für die Einladung. Und sowieso, danke, dass ich hier sein darf. Ich freue mich schon jetzt auf morgen. Stefan strahlt. Alle freuen sich, alle haben so verdammt gute Laune. Ich auch, aber jetzt muss ich wirklich mal los, ein bisschen schlafen, um morgen fit zu sein. Dabei schaue ich Stefan wie eine Schülerin an, die endlich die eine, die einzig wichtige und grundlegende Lektion ihres Lehrers verstanden hat. Zum Abschied umarmen wir uns alle und machen Kussgeräusche in die Luft. Weil wir uns eben so mögen. Weil wir eben alle so unglaublich gute Kollegen sind. Und Menschen. Sehr gute Menschen sind wir auch.

Von der Bar zur Bushaltestelle muss ich nur wenige Meter laufen, aber ich friere trotzdem fürchterlich. Noch sieben Minuten, bis der nächste Bus kommt. Ich setze mich auf die kleine Bank im Wartehäuschen und atme. Ich atme ein und ich atme aus und ich versuche zu begreifen, was mit Maya los war und was das für ein Abend war, ob ich freundlich genug und nett und fröhlich gewirkt habe. Ob ich etwas gesagt habe, das mir morgen peinlich sein könnte.

Beruhigt stelle ich fest, dass ich alles richtig gemacht habe. Dass Maya einfach ein Problem mit sich selbst haben muss, das sie auf mich projiziert, und außerdem viel zu betrunken war und dass sie mich gar nicht wirklich kennt und nichts über mich weiß und dass das, was sie über mich sagt, eigentlich gut ist, weil ich ja auch nichts dafür kann, dass sie sich so gehen lässt und ich mich eben benehmen kann. Fuck you, Maya. Ich sehe die Spiegelung meines Gesichts in der Scheibe der Bushaltestelle. Ich sehe Marlene Beckmann. Und Marlene Beckmann ist ein verdammtes Haus voller Licht.

6.

Fünf Monate. Seit fünf Monaten stehe ich in diesem Fahrstuhl und drücke seine Knöpfe. Hoch, runter, hoch, runter. In die Kantine, in den Schlauch, zu Stefan und zurück. Das ist mein Leben, der Rhythmus meiner Tage. Ich funktioniere, ich schaffe das, ich schaffe das so was von. Montage sind schlimm, Dienstage auch. Am Mittwoch habe ich mich meistens an den Schlafmangel gewöhnt, am Donnerstag bin ich genau deshalb so aufgekratzt, dass ich gerne länger bleibe, kein Problem, das mache ich auch noch, natürlich, Stefan, natürlich. Spätestens am Donnerstag habe ich oft irrsinnige Kopfschmerzen, am Freitag bin ich sehr müde, am Wochenende arbeite ich das nach, was ich in der Woche nicht geschafft habe. Ich habe das, ich habe *mich* im Griff, alles ist unter Kontrolle, ich, die Arbeit, das Leben, sogar die Kontrolle selber habe ich unter Kontrolle.

Wenn ich es nicht mehr aushalte, stelle ich mich in meine Wohnung und drehe die Musik über meine Kopfhörer so laut es geht auf. Dann tanze ich zwanzig Minuten, bis ich alles Schlimme herausgeschwitzt habe. Schlimm sind: die Kopfschmerzen, die Bauchschmerzen, die Rückenschmerzen, die Müdigkeit, die Angst. Nach zwanzig Minuten bin ich frei und verschwitzt und fühle mich großartig.

Morgens meditiere ich nach dem Aufstehen jetzt gelegentlich eine halbe Stunde. Ich habe gelesen, dass das bei der Konzentration helfen soll. Und manchmal schaffe ich es auch zum Yoga. Danach fühle ich mich gut und bin stolz auf mich. Ich bewege meinen dürren Körper, ich atme in ihn hinein, ich zentriere mich. Manchmal gehe ich nach dem Yoga noch aufs Laufband. Dann renne ich dreißig Minuten, bis mir schlecht wird. Und dann bin ich stolz. Sehr, sehr stolz.

Die Mitgliedschaft in dem Studio ist für Mitarbeiter meiner Firma vergünstigt. Es ist einer jener Orte, an denen nur sehr gut verdienende, sehr schöne Menschen trainieren. Auf sechs Etagen gibt es Spa-Angebote, ein Schwimmbecken mit beheiztem Außenpool und sehr, sehr viele Laufbänder. Es riecht nach Eukalyptus und Urlaub. Nicht nach Schweiß und Arbeit. Alle Mitarbeiter sind immer sehr nett und sehen sehr gut und gesund aus. Ich bin hier, weil ich dann ein Teil von ihnen bin. Wenn ich hier bin, mache ich auch eine Menge gesunder Sachen. Mich bewegen zum Beispiel und in meine Chakren atmen.

In der Umkleidekabine ist so viel Platz, dass sich alle entspannt umziehen können. Überhaupt ist hier alles entspannt – immer. Der Slogan lautet: Du machst keinen Sport, du machst dich glücklich. Das steht auf großen Plakaten, die überall hängen. Ich sehe diese Poster hin und wieder an und nicke. Ich mache mich glücklich, indem ich an mir arbeite.

Ich versuche, so oft es geht hierherzukommen. Eine App erinnert mich daran. Sie unterstützt mich bei meinem Training, trackt jeden Schritt und jede Bewegung. Danach sagt sie mir, wie gut ich bin. Und wie sehr mir die ganze Arbeit an mir gut tut. Wenn man die App öffnet, sieht man eine

Art Thermometer. Für jedes Training erhalte ich Punkte, und die Temperatur auf dem Thermometer steigt. Ich bin bei »warm«, weil ich es höchstens zweimal die Woche zum Training schaffe. Die App lobt mich trotzdem. Auf meinem Sperrbildschirm erscheint jeden Tag die Meldung: *Super, Marlene, weiter so. Gehe heute zum Training und fühle dich großartig!* Meinen Fortschritt kann ich auf Facebook und Twitter teilen. Damit alle wissen, wie sportlich ich bin. Außerdem kann ich mich mit meinen Freunden vernetzen. Wir können uns dann gegenseitig anspornen und loben. Das ist aber natürlich kein Wettbewerb, sondern Motivation und Spaß.

Und weil ich gerne nette Dinge gesagt bekomme, halte ich mich daran fest. Heute zum Beispiel steht auf meinem Sperrbildschirm: *Toll, Marlene, die Temperatur steigt! In dieser Phase deines Trainings verringerst du deinen Fettanteil um durchschnittlich 1 % pro Monat, deine Tiefschlafphasen sind länger und du fühlst dich insgesamt ausgeglichener. Weiter so!*

Ich sitze verschwitzt und außer Atem in der Umkleidekabine. Es ist fast dreiundzwanzig Uhr, das Studio schließt bald, und ich muss mich beeilen, als ein Mädchen in meinem Alter um die Ecke biegt und den Spind neben meinem aufschließt.

»Hi«, sagt sie mit einem kurzen Blick auf mich, ohne dabei zu lächeln.

»Hallo«, sage ich und zerre meine Tasche aus dem Spind.

Schweigend ziehen wir uns nebeneinander an. Ich mustere sie, als sie mit dem Rücken zu mir steht. Sie ist dünn und durchtrainiert. Gerade als ich ihren Hintern betrachte, dreht sie sich zu mir um und sagt: »Du bist Marlene. Marlene Beckmann. Irgendwas mit Social Media bei uns. Ich bin Britta. Ich arbeite in der zweiten Etage.«

»Oh hey, hallo, wie geht's?«, sage ich und wundere mich im nächsten Moment, warum ich das frage.

»Bist du öfter hier?«, fragt Britta, ohne mir zu antworten.

Ich starre ihren Rücken und ihre perfekten Beine an und fühle mich unwohl und faul.

»Ja, mindestens viermal die Woche. Manchmal öfter«, lüge ich.

»Aha«, sagt Britta. »Ich komme fast jeden Tag hierher. Vielleicht gehen wir mal zusammen? Oder Mittagessen in der Kantine?«

Ich lächle und nicke. Britta lächelt nun endlich auch und zieht den Reißverschluss von ihrem Hoodie hoch.

»Ja, super, ich schicke dir eine Einladung über Outlook. Bis dann, Marlene.«

Sie nimmt ihre Tasche und winkt, dann geht sie an mir vorbei Richtung Ausgang und ist verschwunden.

Ich gehe ebenfalls zum Ausgang, bleibe aber am Ende der Umkleidekabinen stehen. Dort befinden sich einige Tische mit Spiegeln. Ich setze mich an einen und betrachte mein rotes Gesicht, das überhaupt nicht nach Yoga-Glow und Perfektion aussieht und auch nicht glücklich. Es ist einfach das Gesicht einer müden jungen Frau. Dann schminke ich das rote Gesicht so lange, bis es gesund und hübsch aussieht, obwohl ich mit dem Bus direkt nach Hause fahre. Zum Schluss mache ich ein Spiegel-Selfie, das ich bei Instagram und Facebook hochlade. Hashtag #happy #motivation #sportygirl. Jakob liket das Bild sofort und schreibt darunter: *Bin stolz auf dich.* Ich schließe die Apps, ziehe meine Jacke an und winke noch mal den freundlichen Menschen an der Rezeption. Ein junger Mitarbeiter ruft mir hinterher: »War alles in Ordnung heute? Hattest du Spaß beim Training?« Ich drehe mich um und lächle so zufrieden ich kann. »Alles super, danke!«, sage ich, und dann zünde ich mir vor der Tür eine Zigarette an, während in meiner App die Temperatur steigt und die Notification *You go girl, weiter so!* aufpoppt.

7.

Es gab ihn nicht, diesen einen Moment, in dem ich wusste, dass das alles nun ein Problem geworden war. Ein richtiges, das sich nicht beschönigen und nicht mehr wegargumentieren lässt. Es gab keinen filmreifen Zusammenbruch, nur einen langsamen Absturz. Das unterscheidet die Realität von Filmen wie *Requiem for a Dream* oder *Trainspotting*, in denen es ohnehin nicht um Menschen wie mich geht.

Menschen wie ich tauchen nicht in den Dokumentationen und Statistiken auf. Wir sind eine Fußnote, eine Randnotiz, ein Relativsatz. Wir sind die, denen es nicht passiert. Wir werden nicht süchtig. Wir sind zu klug, zu reich, zu gebildet, zu sozial integriert; wir haben Depressionen, Lebenskrisen, Sex mit unseren Vorgesetzten, Meinungsverschiedenheiten mit unseren Eltern, Muskelkater nach dem Yoga, 532 Freunde auf Facebook, große und kleine Pläne, Universitätsabschlüsse, Endometriose, Spliss, Depressionen und Essstörungen, einen Elternteil verloren, einen Hund oder Schulden beim Bafög-Amt. Wir haben keine Sucht-Probleme. Und wenn wir sie haben, dann sind sie vergänglich und unauffällig. Und sie sind immer: unter Kontrolle. Was an sich schon ein Paradox ist, aber wen kümmern solche Feinheiten, wenn wir uns in den Backstage-Bereichen, in den

Clubs oder Toiletten, auf den WG-Partys oder ausnahmsweise mal zu Hause das bisschen Kokain, Speed, MDMA, Ketamin oder Meth reinziehen?

Vielleicht kümmert es unsere Herzen, Nieren und Gehirne, vielleicht die Haut, die unrein wird, die Zähne, das Zahnfleisch, das sich entzündet, die Nasenschleimhäute, die gereizt sind und manchmal bluten. Aber das alles sollte uns keine Sorgen machen. Ist doch nur Spaß, ist doch morgen wieder vorbei, ist doch geil, ist doch unser Lifestyle.

Es gab ihn nicht, diesen Moment, in dem ich wusste, dass ich nicht mehr aufhören kann. Denn »aufhören« konnte auch bedeuten, einfach die Substanz zu wechseln. *Natürlich habe ich kein Problem mit Kokain, ich nehme es gar nicht mehr. Das bisschen Speed ist ja echt nicht der Rede wert.* Bis es genau das eben doch war. Aber nicht so schlimm, nicht so wild, dann eben Amphetamin. Ritalin. Zurück zu Kokain. Die letzte Line schon drei Monate her. *Ich habe kein Problem. Ich habe Kokain.*

Es gab ihn nicht, diesen Moment, in dem ich so sehr die Kontrolle verloren hätte, dass es jemandem aufgefallen wäre. Es gab ihn nicht, diesen Moment, in dem jemand gemerkt hätte, dass da jemand die Kontrolle verloren hat und dieser Jemand genau das nicht einmal mehr spürt und deshalb behauptet, es hätte überhaupt gar keinen solchen Moment gegeben. Ein Fremder würde niemals erkennen, was hier passiert. Und selbst wenn, würde er doch nur sagen, dass das alles halb so wild sei. *Ich kenne Junkies, Sie sind keiner, so schlimm kann es nicht sein.* Nicken, lächeln, ja ja sagen, nein nein sagen, ein Junkie, so was bin ich natürlich nicht, aber ich sollte wohl aufpassen, hm? Das Thema wechseln. Wenn dieser fremde Mensch sagt, dass ich kein Problem habe, habe ich auch keines. Glück gehabt.

Vielleicht gab es ihn doch, diesen Moment, aber Sucht ist auch, ihn einfach immer und immer wieder zu leugnen, noch ein Stück weiter zu gehen, die Grenzen noch viel weiter auszudehnen, bis sie so dünn sind, dass das Überschreiten nur ein winziger Augenblick ist, den der Rausch lachend zur Seite schiebt.

Dass wir nicht in den Filmen und Büchern auftauchen, dass wir die Randnotiz unter jenen sind, die eigentlich gemeint sind, wenn von »Junkies« und »Drogenopfern« gesprochen wird, liegt an uns selbst. Wir feiern das Kaputte, wir tarnen unsere Schwäche als gewollt, wir funktionieren, solange wir es müssen, alles kann in sich zusammenfallen, aber das hier nicht: die Maske, der Tarnanzug aus Funktionalität.

Ich bin nun ein halbes Jahr »Community Managerin Volontärin«, betreue einige Facebook-Gruppen und bereitet die Inhalte vor, die wir auf den Hauptkanälen spielen: Ich schreibe kurze Texte zu den Links, die auf neue Produkte verweisen. Ich entwerfe den Redaktionsplan. Ich betreue die Blogger, die wir mit Produkten versorgen, über die sie möglichst begeistert schreiben sollen. Natürlich schreiben wir ihnen nichts vor, aber wir sind so nett, demütig und großzügig, dass sich kaum jemand traut, kritisch über den Müll zu berichten, den wir verschicken. Wir arbeiten am liebsten mit weniger großen Blogs zusammen, weil die Sparte hart umkämpft ist und sich die bekannteren unter den Tausenden Lifestyle-, Beauty- und Interieur-Blogs Kritik eher erlauben als die weniger reichweitenstarken.

Unsere Auswertungen hatten gezeigt, dass wir mit vielen nicht ganz so berühmten Bloggern die gleichen Zahlen und Umsätze erreichen wie mit einigen wenigen »großen« Blogs. Das Prinzip spiegelt die Philosophie des Unternehmens wider: Quantität statt Qualität, weil sich nicht nur die reichen Arschlöcher wohlfühlen sollten. Selbstverständlich ist das eine sehr euphemistische Art auszudrücken, dass wir lieblose Massenware auf den Markt schmeißen, mit der irgendwie jeder etwas anfangen kann. Und natürlich würde das niemand öffentlich zugeben. Das Unternehmen gibt sich bodenständig, freundlich und als Ausstatter von Zeug für jedermann. Ganz volksnah und harmlos.

Und ich gehe nicht nur jeden Tag zu meiner Arbeit, sondern empfinde auch so etwas Ähnliches wie Freude dabei. Mit unseren Postings, Verlosungen und Gewinnspielen erreichen wir Hunderttausende, und ich bilde mir ein, dass das vor allem an meiner Art liegt, die User anzusprechen, die Blogger zu betreuen und neue Themenimpulse zu schaffen. Das hier ist es doch, was ich im Sinn hatte, als ich das Studium abschloss: Produkte so zu bewerben, dass es nicht wie Werbung aussieht. Dass es im Gegenteil sogar ein Gewinn für jeden ist – für das Unternehmen, die Kunden, die ganze Welt. Über den Sinn hatte ich mir keine Gedanken gemacht. Warum auch? Das hier war Marketing, das hier war nicht Sozialpädagogik.

Und so, wie ich den Moment verpasste, einfach aufzustehen und zu gehen, einfach den Bildschirm zu nehmen und ihn aus dem kleinen Fenster zu werfen, genau so verpasse ich auch den Moment, in dem ich Konsequenzen aus der Erkenntnis ziehe, dass aus meiner Realität etwas wird, das ich aus Filmen kenne. Denn das wird nicht passieren. Nichts ist wie in den Filmen, und nichts ist so, wie ich mir ein Junkie-Leben vorgestellt habe.

Ich verpasse den Moment, in dem ich erkenne, dass Menschen wie ich nicht das sind, was Menschen wie ich sich unter Süchtigen vorstellen. Nur weil ich nicht mit einer Spritze im Arm auf einer Bahnhofstoilette in meiner eigenen Kotze liege, nur weil ich nicht anschaffen gehe, um meine Sucht zu finanzieren, nur weil ich nicht kriminell und obdachlos werde, heißt das nicht, dass ich kein Junkie bin. Und genau das ist das Problem. Ich verpasse den Moment, in dem kein Argument mehr gut genug, keine Geschichte mehr glaubwürdig ist, kein Wort mehr rechtfertigt, nur noch drei Worte, die etwas bedeuten: »Ich brauche Hilfe.«

Aber Marlene Beckmann hat nie Hilfe gebraucht und niemals danach gefragt. Marlene Beckmann ist nicht wie die Idioten, die die Kontrolle verlieren. Marlene Beckmann ist besser als das. Marlene Beckmann ist kein Junkie. Marlene Beckmann tut, was Marlene Beckmann am besten kann: lächeln, nicken – und zur Arbeit gehen.

8.

Die Kantine ist der größte Konferenzraum in einem Unternehmen. So ist das jedenfalls bei uns. Es ist nicht bloß eine Kantine, es ist ein Laufsteg und ein Raum voller Aussagen: Das ist meine Stellung, das ist mein Gehalt, das sind meine Kollegen, und das fasst zusammen, wie geil ich bin. Und genau deshalb hasse ich sie sehr. Ich hasse die kleinen Tische, auf denen für die Tablets nicht genug Platz ist. Ich hasse das Anstehen, den Small Talk in der Schlange vor der Essensausgabe. Ich hasse die anderen, ich hasse mich. Und ich hasse das Essen. Das Essen, das man runterwürgt, während man eine Präsentation hält, die man selber ist.

Am schlimmsten ist es, wenn ich mit Stefan essen gehe. Dann sitze ich vor ihm und fühle mich, als sei ich eine lebendige Powerpoint-Präsentation. Jeder Slide ein Erfolg, jede neue Seite erwähnt all die guten Dinge, die ich als vorbildliche Spitzenarbeitskraft mit in dieses Unternehmen bringe. Ich bin ein Gewinn für die Firma, weil ich ehrgeizig, aber entspannt bin, lustig, aber mich benehmen kann. Ich bin charmant, sehr gut ausgebildet und noch dazu hübsch, was kein Wert an sich ist, aber meinen positiven Gesamteindruck abrundet.

Und so sitze ich vor Stefan und sehe gut aus und sage die

richtigen Sachen (»Das wird ganz toll!«, »Darauf freue ich mich schon sehr!«) und esse die richtigen Sachen (Salat) und frage die richtigen Sachen (»Wie geht es der Familie?«, »Wohin fahrt ihr in den Urlaub?«, »Gab es da schon Feedback?«).

Heute sitzen wir zu dritt am Tisch – Stefan, Maya und ich. Maya und ich essen Salat, Stefan Schnitzel mit Pommes, denn Mittwoch ist Schnitzeltag.

»Das Projekt läuft ja super, also das von euch beiden!«, sagt Stefan.

»Ja, die Blogger sind total happy«, sagt Maya.

»Wie viele Rückmeldungen gab es da bis jetzt?«

Ich werde ein bisschen nervös, weil ich das nicht genau weiß. Sowieso läuft das Projekt nicht super, sondern ist eine einzige peinliche Online-Vollkatastrophe.

Um die Sommerprodukte unserer Firma (Thema: *Kochen, grillen, backen – ein Sommertraum*) den Kunden näherzubringen, haben Maya und ich die Aufgabe bekommen, mit verschiedenen Bloggern zu kooperieren. Wir sollen ihnen anbieten, dass sie Produkte von uns umsonst bekommen – was natürlich gelogen ist, weil wir gar nichts *umsonst* machen. Was wir wollen, ist einfach und schnell erklärt: ihre Reichweite. Wir wollen, dass sie über uns schreiben, dass sie unsere Produkte erwähnen und unseren Online-Shop verlinken. Wir wollen ihre Authentizität und ihre Follower, wir wollen, dass ihre Fans unsere Produkte kaufen. So einfach ist das.

Das Problem: Die meisten von ihnen, auch die weniger reichweitenstarken, wollen mittlerweile Geld. Und Maya und ich haben kein Budget. Wir können nur beschwichtigen und abwiegeln, vertrösten und verschenken, aber zahlen können wir nicht. Eigentlich wollten wir heute Vormittag mit Stefan darüber sprechen, aber statt des geplanten Meetings wollte Stefan mit uns essen gehen (»Ist netter, oder?«), und so sitzen wir nun zu dritt in der Höllenkantine und tun so, als sei das hier das, was Stefan wollte: ein total entspanntes Mittagessen.

»Na ja, es läuft ganz gut«, sage ich, »obwohl manche Blogger wirklich unverschämt sind und viel zu viel wollen. So was wie *Geld* zum Beispiel.«

»Aber freuen die sich nicht über die ganzen kostenlosen Produkte und Gutschein-Codes, die wir ihnen zur Verfügung stellen?«, fragt Stefan.

»Doch, schon«, sagt Maya.

»Na also«, sagt Stefan, und damit scheint das Gespräch beendet zu sein. Schweigend essen wir unseren Nachtisch, rauchen vor der Tür noch eine Zigarette und gehen wieder zurück in den Schlauch.

Maya arbeitet neben mir, bis sie irgendwann sagt: »Du, Marlene, die Susa ist auch gerade abgesprungen.«

»Scheiße.«

»Ja, damit bleiben nur noch fünf. Fünf von dreiundzwanzig. Das ist zu wenig. Ich weiß nicht, was ich machen soll. Hier, lies mal die E-Mail.« Sie dreht ihren Bildschirm zu mir, und ich lese die Absage von Susa, einer Bloggerin für Food und Mama-Lifestyle. Sie schreibt ein paar nicht sehr freundliche Dinge über unser Unternehmen und wie wir mit Nachhaltigkeit umgingen (gar nicht) und mit Arbeitern in der Produktion (nicht so gut) und dass sie sich zwar »superdoll freut« über unsere Anfrage, dass sie aber unter diesen Umständen nicht mit uns kooperieren könne.

Ich schüttle den Kopf und sage: »Egal, wir machen trotzdem weiter. Wir werden schon die zehn zusammenbekommen. Irgendwie. Es sind ja noch sechs Tage bis zur Deadline.« Maya nickt wie ein Tier, das man erst geschlagen und dann gestreichelt hat.

Ich bin jetzt seit acht Monaten in dem Unternehmen, und das hier ist der erste größere Job, den Maya und ich eigenständig machen dürfen. Wir beide wissen, dass das eine Art Test ist, und wir wissen noch besser, dass »nicht bestanden« keine Option ist, dass wir sogar im Gegenteil unbedingt glänzen müssen, weil nur eine von uns übernommen wird und ziemlich sicher keine, wenn wir das hier nicht hinbekommen.

Bisher durften wir beide meistens nur im Verborgenen und namenlos arbeiten, wir sind eben Volontärinnen und Stefan der Boss. Also betreuen wir weiterhin die Facebook-Gruppen mit interessierten Kunden, die Fragen zu unseren Produkten haben, und erstellen Inhalte für die Facebook-Seite, denken uns Gewinnspiele aus und informieren über Produktneuheiten. Wir lassen die Scheiße wie Gold aussehen, weil wir genau dafür da sind. Weil es in diesem Job genau darum geht. Natürlich würden wir das beide niemals so sagen, denn wir sind selbstverständlich Fans all dieser Sachen, von denen wir mittlerweile selber so viel zu Hause haben, dass wir sie verschenken müssen. Auflaufformen und Transportboxen für Früchte, Schälmesser, Fischmesser, Buttermesser, Tomatenmesser, Messersets und Messerschleifsets, Duschvorhänge, Wärmflaschen, Gartenscheren,

Deko-Ideen und Bilderrahmen, Radios und Sportbekleidung. Wir haben alles und wir sind alles: für jeden etwas, für alle alles. Das ist unser Motto, das wir uns an die Pinnwand im Schlauch gehängt haben.

»Kann ich dich bitte kurz sprechen?« Stefan schickt mir neuerdings Nachrichten auf Facebook, wenn es besonders eilig ist. Ich würde gerne sagen, dass mich das stört, kann es aber nicht, weil das unverschämt wäre. Und was sollte ich auch sagen? Entschuldige, bitte schreib mir nicht auf Facebook, weil mein ganzes Leben schon genau so, wie du gesagt hast, aus Arbeit besteht und »privat« zu einer Art Insider-Witz geworden ist, den Jakob und ich gerne machen, um uns nicht so sehr zu hassen. Um die Wut, die er auf mich hat, irgendwie anders zu kanalisieren. Witze sind dafür gut und Kinder kriegen und sich einen Hund anschaffen.

Wenn es mal wieder besonders schlimm ist, sagt Jakob: »Entschuldige bitte, ich wollte mich nicht in dein Privatleben einmischen!« Dann lachen wir ein bisschen zynisch. »Privatleben, haha.« Dann schweigen wir meistens und schauen weiter Netflix und essen die pappige Pizza vom Lieferdienst.

Wie soll ich also Stefan erklären, dass er mir nicht auch noch auf Facebook schreiben soll? »Lieber Stefan, ich möchte dich bitten, das letzte bisschen Privatsphäre, das ich habe, zu achten und mir keine Nachrichten im Messenger zu schreiben. Denn seitdem ich in dieser Firma arbeite, habe ich kein Privatleben mehr. An meinem einzigen freien Tag, am Sonntag, schlafe ich nur noch, weil ich so erschöpft bin von der Woche. Deshalb wissen meine Freunde schon gar nicht mehr, wie ich aussehe, na ja, außer, sie rufen mein Facebook-Profil auf, denn da sieht man ja, wie geil es mir geht, wie absolut super alles ist, wie hübsch und dünn und erfolgreich ich bin. Und man kann sich die Bilder angucken, auf denen ich mit Jakob lache und Ausflüge mache und zwischen all meinen Freunden in die Kamera lache, weil wir so viel Spaß haben, weil wir so verdammt viel Spaß haben. Ja, schau dir das an, Stefan, ich bin nämlich ein Mensch, auch wenn das hier sonst keiner mehr ist, weil alle nur noch wie Roboter den immer gleichen Scheiß erzählen: *Mir geht es sehr gut, danke. Schönes Wetter, heute, oder? Furchtbares Wetter heute, oder?* Und im Fahrstuhl erzählen sie sich den gleichen Schwachsinn: *Die Lena hat mich die ganze Nacht wach gehalten, sie zahnt gerade. Wir waren am Wochenende auf Sylt. Wir sind ja gerade mitten im Hausbau. Das ist schon alles sehr, sehr anstrengend.*

Ich stehe dann da, Stefan, ich und mein kaputtes Gehirn, weil es nicht funktioniert, weil ich oft nicht einmal mehr so leichte Dinge entscheiden kann wie: Was esse ich heute? Was ziehe ich heute an? Welchen Kaffee kaufe ich bei Ahmid? Ich bin so müde und so dumm geworden, so erschöpft und am Ende, dass ich gar nichts mehr denken kann, dass ich mich nur noch wie eine mechanische Aufziehpuppe vor den Bildschirm setzen kann und tippe, was man mir sagt, und lächle, wenn man es mir sagt, und lobe und positiv bin und gut gelaunt, weil ich so dankbar bin, so unglaublich dankbar für die Chance, hier zu sein, weil ich das ja immer wollte, weil es ja das war, das Ziel, in dessen Richtung sich alles bewegt hat, darum ging es hier doch. Ich bin so froh und so dankbar, ich möchte den ganzen Tag schreien vor Dankbarkeit und Liebe und Loyalität und Freude an diesem beschissenen Leben.

Und wenn du mir dann auf Facebook schreibst, freue ich mich ganz besonders doll, weil ich natürlich will, dass du siehst, wie unfassbar geil mein Leben ist und wie sehr ich zu euch passe, wie sehr ich in euch reinpasse, in dieses Unternehmen, in dem man sich wie eine Amöbe einfach so durchlässig und klein und gleichgültig machen muss, bis alle einem auf die Schulter klopfen und sagen, wie schön es ist, dass man da ist, wie schön überhaupt alles ist, wie schön unser Leben, unsere Produkte, unser *Spirit* sind. Das ist es, was ich will, worauf ich mich jeden Tag freue, Stefan, auf diesen Moment, in dem ich mir vorstelle, dass du mein Facebook-Profil aufrufst und genau das siehst und mich siehst und dich darüber freust, dass ihr euch für mich entschieden habt und nicht für Anne aus dem »Marketing und PR«-Seminar.

Natürlich schreibe ich nichts von all dem. Natürlich schicke ihm einen »Daumen hoch«, natürlich komme ich gerne rüber, natürlich kann er mir auf Facebook schreiben, natürlich mache ich, was er sagt und will, ich freue mich, bis gleich, Marlene.

9.

Auf dem Boden liegen und atmen. Das hilft manchmal. Gegen die Angst und gegen den Wahn. Und dann weitermachen, weiteratmen, irgendwann. Atme, Marlene, atme.

Ich liege auf dem Boden und zähle bis zehn. Und dann noch mal von vorne, immer weiter, immer wieder, bis ich richtig Luft kriege. Dann nehme ich das Telefon in die Hand und wähle seine Nummer.

»Ich möchte gerne meinen Vater sprechen«, sage ich. Ich atme und ich warte, dann höre ich seine Stimme und wie er meinen Namen sagt: »Marlene.« Eine Feststellung, keine Freude. »Marlene. Wie geht es dir.« Noch ein Satz ohne Fragezeichen. Eines der vielen Dinge, die ich ihm nie verzeihen werde.

»Gut«, sage ich und nicke, als könnte er mich sehen.

»Schön.«

»Wie geht es euch so?«

»Super. Und dir?« Er fragt noch mal, weil er mir nicht glaubt. Das ist die Schlucht, in die ich jedes Mal falle, die Klippe, über die er mich schubst: Er fragt, wie es mir geht, will es aber gar nicht wissen, weil er nur eine einzige Antwort akzeptiert. Geht es mir schlecht, hat das auf keinen Fall mit ihm und dem, was er getan hat, zu tun. Niemals.

Wenn das zur Sprache kommt, ist das Gespräch beendet. Wir legen dann zwar nicht auf, wir gehen nicht auseinander, sondern simulieren ein Gespräch, einen Austausch zwischen zwei Menschen, während wir im Grunde gar nichts sagen und nichts fragen, weil schon alle Wände hochgezogen sind, alle Mauern errichtet, ein jeder eine Festung, ein jeder das Gericht, das den anderen erst still verurteilt und dann eben hinrichtet.

»Wie läuft es mit der Arbeit?« Das ist seine einzige Frage. So ist er. Er will wissen, was ich tue, und will erfahren, ob ich überlebe. Ob ich dieses anstrengende, fremde Leben, von dem er nicht mehr Teil ist als die spärlichen Telefonate, ob ich dieses Leben eben irgendwie im Griff habe und überstehe.

»Es läuft super. Alle sind sehr zufrieden mit mir. Es macht ... Spaß.« *Spaß.* Das ist ein heikles Wort, denn zu viel Spaß darf es nicht machen, das, was ich tue. Dann ist es nicht ernst zu nehmen, dann sind das nur wieder diese dummen Marlene-Flausen, die ihren Verstand wie Wollknäuel verstopfen, überall sind Flusen und Flausen, nirgends ein vernünftiger Gedanke. Unerträglich ist das und schwierig und anstrengend und so gar nicht das, was man sich für die Marlene und ihre Zukunft wünscht.

Aber die Wahrheit sagen darf ich auch nicht, das ist verboten. Ich darf nicht sagen, dass die Arbeit mich quält, sie darf mich nicht zerstören und nicht an mir nagen. Denn Arbeit ist gut, Arbeit macht glücklich, wer an sich arbeitet, ist vernünftig.

Er lacht. Das macht er häufig, wenn ihm es etwas unangenehm ist. Wie dieses Gespräch zum Beispiel.

»Ja, tatsächlich macht es mir Spaß, es ist auch sehr anstrengend, aber es macht auch … na ja, Spaß.«

»Das ist doch toll. Und sonst so?«

»Sonst ist alles super.«

»Mit *Jaaaakob* auch?« Er spricht den Namen langsam und vorsichtig aus, als ob er sich nicht sicher wäre, ob er danach fragen darf.

»Ja«, sage ich und überlege, was ich sonst noch sagen könnte. »Wir überlegen, in den Urlaub zu fahren. Nach Teneriffa. La Gomera. Weißt du? Kanaren.«

»Ja, ich kenne die Kanaren, wir waren schon mal zusammen da, Marlene. Falls du dich erinnerst.«

»Ja.«

»Natürlich tust du das. Du erinnerst dich ja immer, Marlene. An alles.«

Ja, ich erinnere mich, Vater. Ich erinnere mich an alles. An jeden Augenblick mit dir, an jeden Gedanken über dich, an dich, an jede Kleinigkeit erinnere ich mich.

10.

»Marlene, wir müssen reden.« Damit begann es, und es hörte auf mit: »Können wir vielleicht auch mal über etwas anderes sprechen? Irgendwann ist doch mal gut.« Jahre später.

Aber es ist niemals gut, wenn es ist, wie es gerade ist. Wenn man sechzehn ist und die Eltern vor einem sitzen und sagen: »Marlene, wir müssen reden.« Dann ahnt man, auch ohne zu wissen, was danach passiert, dass das hier der Anfang von etwas ist, das schlimm wird.

Wir sitzen im Wohnzimmer. Das Holz im Kamin brennt nicht richtig, weil es noch zu feucht ist. Mein Vater hat mir ein paar Tage zuvor gezeigt, wie man es kleinhackt und stapelt. Er mit der Kettensäge, ich mit der Axt.

Wir sind in der Morgendämmerung losgefahren, saßen stumm und müde im Auto. Mein Vater hatte die Heizung aufgedreht, weil der Oktober kühl und regnerisch war. Ich hatte am Abend mit Freunden getrunken und schlief immer wieder ein. Natürlich hatte mein Vater mir gesagt, dass ich zu Hause bleiben und früh schlafen gehen solle, und natürlich hatte ich nicht auf ihn gehört und bereute das jede Sekunde, die ich seit fünfundvierzig Minuten wach war. Mir war furchtbar übel.

Es war ihm wichtig gewesen, dass ich mitfuhr, obwohl er mich noch nie darum gebeten hatte, in all den Jahren nicht. Er fuhr alle paar Monate zu dem kleinen Stück Wald, in dem er Holz für den Kamin fällen und spalten konnte. Mein Vater hatte eine Abmachung mit dem Besitzer des Waldstücks, die vorsah, dass er eine gewisse, vorher abgesprochene Anzahl an Stämmen zerlegen und mitnehmen durfte. Für mich war das immer wie Einkaufen gewesen: Mein Vater fuhr weg und kam zehn Stunden später mit Holz zurück. Er hatte mich nie um Hilfe gebeten, und so, wie sich auf wundersame Weise der Kühlschrank meiner Eltern füllte, so füllte sich eben auch der Holzschuppen hinter dem Haus.

Doch dieses Mal hatte er mich gebeten mitzukommen. Er hatte sogar zwei Wochen im Voraus gefragt, damit ich mir auch wirklich Zeit nahm. Widerwillig hatte ich zugestimmt, nicht ohne einen Streit darüber zu provozieren, dass meine Zeit knapp und kostbar sei, die Schule anstrengend, die Hausaufgaben immer zu umfangreich, die Wochenenden heilig. Aber irgendwas hatte mir gesagt, dass es wichtig sei, dass ein »nein« nicht in Frage käme. Vielleicht die Tatsache, dass ich sie in letzter Zeit immer häufiger streiten hörte. Auch wenn sie damit immer warteten, bis sie glaubten, dass ich schlafen würde. Aber ich hörte ihr Flüstern und ihren Zorn durch alle Türen hindurch.

Im Wald angekommen wurde es langsam hell, und mein Vater sagte: »Lass uns einen Kaffee trinken, du kannst einen gebrauchen.« Wir setzten uns auf einen Baumstamm, und er goss uns aus der alten, beigen Thermoskanne zwei Becher ein. »Milch gibt es nicht«, sagte er und warf ungefragt zwei Stückchen Würfelzucker in meine Tasse.

Schweigend saßen wir nebeneinander, tranken den Kaffee und hörten dem aufwachenden Wald zu, den Vögeln und dem Knacken der Äste und Bäume. Ich fror, weil ich so müde war und meine Regenjacke nicht sonderlich wärmte. Mein Vater bemerkte das, sagte aber zu meiner Überraschung nicht, dass er mir ja gleich gesagt hätte, dass meine Kleidung nicht warm genug sei.

»Ist alles ... ok? Oder musst du mir irgendwas sagen, Papa?«

Er schwieg einen Moment lang, räusperte sich, stand dann auf, schüttete den Rest seines Kaffees in einen Busch und sagte: »Lass uns mal anfangen, wir müssen uns ein bisschen beeilen, es wird früh dunkel.«

Wir arbeiteten den ganzen Vormittag hindurch, legten Kettensäge und Axt nur für kurze Kaffeepausen beiseite, die wir auf dem Baumstamm verbrachten, auf dem wir schon am Morgen gesessen hatten. Ich beobachtete meinen Vater und fragte mich, was er mit sich herumtrug, was das Geheimnis war, das er mir nicht verriet. War er krank? Hatte er seine Arbeit verloren?

Ganz offensichtlich wollte er mir etwas sagen, aber fand nicht die richtigen Worte. Ich traute mich nicht nachzuhaken, ich wartete einfach ab, bis er so weit war, bis er mir sagen konnte, was er zu sagen hatte. Trotzdem machte ich mir Sorgen und hatte Bauchweh vom Kaffee. Wir schlugen Baum um Baum und Stamm um Stamm, und mein Vater zeigte mir, wie man die Axt richtig hielt, wie man das eigene Körpergewicht nutzte, um mit möglichst viel Kraft und so präzise es ging die Scheite zu spalten.

»Wie läuft das Schuljahr bisher so?«, fragte mein Vater,

als wir wieder einmal erschöpft und verschwitzt auf dem Baumstamm saßen.

»Ganz gut«, antwortete ich ausweichend, und er nickte.

»Notenschnitt gehalten bis jetzt?«

»Ja, ungefähr jedenfalls. Vielleicht ein bisschen besser. Keine Ahnung.«

Er brummte zufrieden, und damit war auch dieses Gespräch zu Ende.

»Papa, warum bin ich hier?«, fragte ich ihn, nicht mehr bereit zu warten, dass er von selber etwas sagen würde.

»Weil ich gerne mit dir Zeit verbringen wollte, Leni.«

»Du meinst Quality Time? So als Vater-Tochter-Ding ein bisschen den Wald abholzen?«

»Mach dich nicht darüber lustig. Ich dachte, das könnte dir gefallen. Du wirkst so angespannt in letzter Zeit. Da fand ich, dass es eine gute Idee sei, wenn du mal ein bisschen zuschlagen kannst. Mir hilft das immer. Ich kann hier eine Menge rauslassen«, sagte mein Vater, und in seiner Stimme schwangen Enttäuschung mit und eine Müdigkeit, die ich spürte, aber nicht fassen konnte, die ich aber bereits bemerkt hatte in seinem Gesicht, das in den letzten Monaten noch verschlossener gewesen war als ohnehin schon.

»Ich wirke angespannt? Bist nicht eher du das, Papa?«, fragte ich und nahm den lächerlichen Helm ab, den er mich gezwungen hatte zu tragen. »Was ist denn los?«

»Nichts ist los, Marlene. Nichts. Du bildest dir hier irgendwas ein. Darf ein Vater nicht einfach gerne Zeit mit seiner Tochter verbringen?« Er wandte sich wieder der Kettensäge zu, die er in der Hand hielt, und begann an der Schnur zu ziehen, damit sie startete.

»Doch, natürlich darf er das, er macht es nur nie«, sagte ich so leise, dass meine Worte im Lärm der Säge untergingen und er sie nicht hören konnte. Dann nahm ich die Axt und schlug so fest ich konnte auf den Stamm vor mir, und er zersprang in zwei Teile. Wütend schlug ich noch mal zu und noch mal und noch mal, bis auf dem Scheit nur noch Stücke lagen, auf die ich wieder und wieder einschlug. Ich wusste nicht einmal, worüber ich wütend war oder auf wen, ich wusste nur, dass mein Vater recht hatte und es gut tat, einfach mal zuzuschlagen.

An all das muss ich denken, als ich vor meinen Eltern sitze und das Holz knistern höre. Die Wärme des Feuers hatte mich schläfrig gemacht, kurz bevor ich eindösen konnte, war meine Mutter in das Wohnzimmer gekommen, in dem ich auf dem Sofa lag, und hatte mir gesagt, dass Papa gleich kommen würde und wir reden müssten.

»Okay, Marlene, was wir dir jetzt sagen, wird dich vielleicht ein bisschen schockieren oder dir Angst machen. Aber lass uns versuchen, darüber vernünftig zu reden, ja?«, sagt meine Mutter und schaut dabei auf den Boden. Sie wirkt gequält und traurig, und ich spüre mein Herz rasen, meinen Puls, der Alarm schlägt. Er sagt: Gleich wird etwas Furchtbares passieren, und es wird nicht rückgängig gemacht werden können, und alles wird anders sein danach, und dieses »anders« wird schlimm sein und traurig, und es wird keine Überraschung geben, keine Freude, kein »Ach, wie schön, ich bekomme einen Bruder« und kein »Wir wandern nach Italien aus«. Es wird etwas passieren, das aus meiner Welt eine Stadt in Trümmern machen wird, das weiß ich genau.

Ich betrachte meine Eltern, die nebeneinander vor mir sitzen und beide sehr konzentriert auf die Tischplatte starren. Ich sehe meine Eltern an, die für mich so selbstverständlich sind wie das Holz im Schuppen, wie die Lebensmittel im Kühlschrank. Sie sind wie die Einrichtung, die Möbel meines Lebens. Sie gehören so selbstverständlich hierher wie ich, und sie wirken trotzdem plötzlich unendlich weit weg und so, als seien sie Fremde geworden, als sähe ich sie heute zum ersten Mal. »Was ist denn?«, frage ich lauter, als ich wollte. Meine Stimme klingt schrill und seltsam, panisch und fremd. Die Frage ist aus meinem Mund gefallen und liegt zwischen uns auf dem Boden. Ich presse meine Zähne zusammen, alles in mir ist Anspannung und Angst, ich schaue die Frage an und warte darauf, dass einer von beiden sie aufhebt und etwas mit ihr anfängt.

Ich weiß nicht, wovor ich mehr Angst habe: vor dem Moment, in dem das passiert, oder davor, dass es nicht jetzt endlich geschieht. Ich will die Antwort nicht hören, aber ich will sie wissen oder umgekehrt, ich weiß es nicht, in meinem Kopf ist nur Rauschen und Panik und sonst nichts mehr.

Mein Vater räuspert sich und blickt dann hoch. Er hat die Hände gefaltet in seinem Schoß, er sieht aus wie immer und doch ganz anders, ein bisschen verzerrt, fast, als sei er unscharf und löse sich gleich auf.

»Was wir dir sagen wollen, ist, dass wir … also … wir trennen uns.« Seine Stimme ist ganz klar, ganz ohne Zweifel und Hast, keine Unsicherheit und kein Zögern sind darin zu finden. Er sagt es noch einmal in mein erstarrtes Gesicht, das sich heiß und fiebrig anfühlt, und übertönt das Rauschen in meinen Ohren, er wiederholt es noch einmal, noch deutlicher, noch klarer: »Wir lassen uns scheiden, Leni. Hast du das verstanden?«

Ich nicke. Ich nicke, und ich höre, wie meine Mutter leise weint und wie sie immer wieder laut einatmet, als würde sie gleich ersticken, als sei der Raum nicht voller Wärme und Feuer, sondern voller Wasser. *Sie atmet wie jemand, der unter Wasser ist und ertrinkt,* denke ich und nicke noch mal. *Ja, ich habe verstanden.*

»Ja«, sage ich, und meine Stimme ist nur noch ein Flüstern, das Krächzen einer fremden Person.

Wir schweigen, und ich fühle die heißen Tränen, die meine Wangen heruntertropfen, sich aber gar nicht wie Tränen anfühlen, sondern wie Stacheldraht, der mir Striemen durchs Gesicht zieht.

»Warum sagst du nichts dazu, Mama?«, frage ich schließlich, weil meine Mutter nur weint und schweigt und ich immer wütender werde und immer ungeduldiger. Das hier passiert doch gerade gar nicht wirklich, das darf doch alles nicht wahr sein, nicht stimmen, alles nur ausgedacht und morgen früh wache ich auf und das alles ist nie passiert, meine Eltern lassen sich nicht scheiden und sie trennen sich auch nicht, sie sind, was sie immer waren: so selbstverständlich wie das Holz im Schuppen, wie die Lebensmittel im Kühlschrank. Sie sind Mobiliar, meine Einrichtung, fest montiert. Alles andere ist inakzeptabel, alles andere kann nicht stimmen, weil mein Leben sonst nicht mehr stimmt, weil sie gerade das komplette Inventar abfackeln und mich, mich brennen sie einfach mit ab.

»Was ist das für eine Scheiße hier? Warum sagst du nichts, Mama?«, schreie ich und stehe auf. »Warum macht ihr so was? Es war doch alles okay. Ihr habt gestritten. Aber das lässt sich doch wieder hinbiegen, oder nicht? Das schaffen die anderen doch auch.«

Plötzlich lacht meine Mutter. Sie lacht laut und hysterisch, ihr Lachen ist ein Schrei, wie ein verwundetes Tier schreit sie auf und schlägt mit der Hand auf ihre Schenkel und sagt dann: »Das ist wirklich witzig, weil, weißt du, das geht wirklich nicht, dass wir *DAS* überwinden, oder Schatz, sag doch mal, das überwinden wir nicht, *das* nicht, oder?«

Die letzten Worte schreit sie meinem Vater, der mit gesenktem Kopf neben ihr sitzt, auf den Scheitel, so, als würde sie die Worte direkt in sein Gehirn hineinschreien wollen. Dann fällt sie in sich zusammen und schluchzt laut. Sie schüttelt dabei auf eine Art den Kopf, als könne sie all das so wenig fassen wie ich, so, als hätte auch sie die Nachricht der Trennung überrascht.

»Das, was deine Mama sagen will, ist, dass wir uns trennen, weil ich ... weil ...« Mein Vater stockt, meine Mutter ist sehr still geworden und schaut ihm direkt ins Gesicht.

»Ja, sag doch mal, warum trennen wir uns? Ich denke, unsere Tochter hat die Wahrheit verdient, oder? Wenigstens sie hat sie verdient.« Mein Vater presst die Lippen zusammen, dann atmet er tief ein, steht auf und sagt: »Ich hoffe, du weißt, dass das alles nichts mit dir zu tun hat, Leni, ja? Das weißt du, oder? Es tut mir leid. Ich gehe jetzt mal.«

Und dann geht mein großer, starker Vater und verlässt mit gesenktem Kopf das Wohnzimmer und unser Leben. Zurück bleiben wir, während das Holz im Kamin nicht richtig brennt, weil es zu feucht ist, weil es einfach zu nass ist, dieses verdammte Holz.

11.

Manchmal habe ich Angst, dass ich aus meinem Zimmer gehe und in einem Meer aus den Tränen meiner Mutter stehe. Ich habe Angst, dass wir beide darin ersaufen, dass vor meiner Zimmertür ein gigantischer Fluss entsteht, der uns beide mitreißt und unter Wasser drückt. Im Haus ist es so still wie in den Tiefen eines großen Meeres, weil jetzt nur noch wir beide sind, weil immer einer fehlt, der nur noch ab und zu vor der Tür steht. Ich versuche zu begreifen, was passiert, und zu ersetzen, was fehlt.

Das Haus ist zu groß für uns beide, die Reste einer Familie, aber sie will hierbleiben. Sie sagt: »Das ist unser Zuhause, ich lasse mich nicht vertreiben.« Dabei schaut sie so trotzig wie das Kind, das ich doch eigentlich bin, aber nicht mehr sein darf. Ich kümmere mich um den Einkauf, um die Wäsche und um die Kotze auf dem Badezimmerboden. Ich räume die Flaschen weg und bringe meine Mutter ins Bett, ich gebe ihr Tabletten und koche ihr Suppe, die sie nie isst. Ich kümmere mich um uns, um das, was von uns dreien übriggeblieben ist, um uns beide, die jetzt nur noch zwei sind und eigentlich sogar nur noch ich und ein Schatten, der meine Mutter ist.

Mein Vater ist an einem Samstag ausgezogen. Ich habe ihm dabei zugesehen, obwohl er mich gebeten hat, das nicht zu tun. »Bitte schlaf bei einer Freundin, ja? Das ist besser für uns alle«, hatte er gesagt und mich flehend angesehen. Ich hatte den Kopf geschüttelt und ihm geantwortet: »Ich will dich gehen sehen.« Mein Vater hatte langsam genickt und gesagt: »Wenn du meinst, du musst dir das geben, okay.« Damit war auch das Thema erledigt.

Ich saß auf dem Sofa und sah ihm dabei zu, wie er die Kartons mit seinen Schallplatten und Büchern aus dem Haus trug, um sie in dem kleinen Transporter zu verstauen, den er gemietet hatte. Ich machte mich so gerade ich konnte, weil ich wollte, dass es ihm wehtut. Ich wollte, dass er mich sieht und in meinen Augen gespiegelt bekommt, was er mir antat. Er sollte unter meinem Blick packen und verschwinden, er sollte niemals vergessen, wie ich hier saß. Ich wollte, dass er so sehr leidet, wie wir das taten. Mein Blick sollte die Schutzschicht, die er um sich gelegt hatte, abnutzen. Ich wollte mit meinen Augen an seiner Fassade kratzten, bis er irgendwann hilflos und nackt vor mir stand und den Schmerz spürte, den ich jeden gottverdammten Tag empfand.

Aber mein stolzer, starker Vater trug die Kartons an mir vorbei, als sei nichts, als wäre ich nicht da. Er trug Kiste um Kiste und am Ende Lampen und Schirme, Säcke voll Kleidung und seine Stereoanlage. Mit jedem Gegenstand, den er aus dem Haus trug, riss er Stücke aus unserem Leben. Der Organismus, der wir als Familie gewesen waren, blutete an diesen Stellen und war verwundet. Als er die letzte Kiste in den Transporter geräumt hatte, kam er noch einmal zurück und sah mich lange an. In seinen Augen konnte ich keine Tränen und keinen Schmerz sehen, kein Gefühl, mit dem ich etwas anfangen konnte. Da waren einfach nur seine Augen und sein Gesicht und seine zusammengepressten Lippen und die letzten Sätze, die er sagte, bevor er für immer verschwand. Die Sätze waren auswendig gelernt, das spürte ich, er sagte sie einfach auf wie einen Text, den er sich überlegt hatte, wie das, was man eben so sagt, wenn man seine Familie verlässt. Er sagte: »Es wird alles gut werden, Marlene, ich melde mich, okay?« Und dann drehte er sich um und war einfach weg.

12.

Sie liegt weinend auf dem Sofa, ganz schmal ist sie geworden und ein bisschen geschrumpft. Ich halte ihre Hand, während ihr kleiner Körper bebt und die Tränen sie schütteln. Ich drücke fest zu, lasse dann aber wieder etwas locker aus Angst, ich könnte ihre Hand zerquetschen. Ich weiß nicht, was ich sonst tun soll, ich kann nicht mehr machen, als das: da sein, drücken und warten, bis es vorüber ist. Aber bis was vorüber ist? Wann soll ich loslassen? Gerade bin ich mir nicht sicher, ob es jemals so weit sein wird oder ob ich bis ans Ende meiner Tage in diesem Raum sitze, die Hand meiner Mutter halte und darauf warte, dass es vorübergeht.

Ihr Schmerz ist gewaltig und brutal, er zehrt sie aus, sie ist kaum noch vorhanden. Ihre Stimme hat sich verändert, ist leise geworden und monoton. Die Tabletten werden helfen, hat der Arzt versprochen, vier Wochen, vielleicht sechs, dann müsste es ihr besser gehen. Ich habe die Packung aus der Apotheke abgeholt und gefragt, was zu beachten sei. Die Apothekerin hat leise gesprochen, als wäre die Schachtel eine Bombe, die von jedem lauten Wort ausgelöst werden könnte. Natürlich wollte sie bloß diskret sein und vermeiden, dass jemand mitbekommt, worüber wir sprechen. »Ist das Medikament bekannt?«, hat sie gefragt, und ich habe den Kopf geschüttelt. »Es ist nicht für mich, es ist für meine Mutter.« Sie hat genickt und geflüstert, dass Mama keinen Alkohol trinken soll, während sie die Tabletten nimmt. Und dass ihr übel sein könnte oder schwindelig. Ich habe mich bedankt und bin gegangen, die Bombe in der Hand.

Jeden Morgen nimmt sie nun zwei davon ein. Manchmal muss ich sie zwingen, die Tabletten runterzuschlucken. Ich traue ihr nicht und kontrolliere sie wie eine Pflegerin ihre Patientin. Ich sage: »Mach Ah!« Sie streckt die Zunge raus, und ich sage: »In Ordnung.« Dann ziehe ich die Vorhänge auf, bringe ihr das Frühstück ans Bett und bitte sie aufzustehen. Anschließend gehe ich zur Schule oder auch nicht, je nachdem wie meine Mutter im Bett liegt und wie ihr Gesicht aussieht.

Liegt sie in der Mitte, hat sie gut geschlafen und steht irgendwann auf. Liegt sie auf der rechten Seite, auf *seiner* Seite, dann war sie die halbe Nacht wach und hat getrunken und geweint. Dann räume ich die Flaschen weg und sage nichts dazu, ich schweige alles tot, weil Worte nicht nützen, weil meine Mutter jetzt nur noch Gefühl ist und nicht mehr Vernunft.

Während ich drücke und warte, klingelt es an der Tür, und wir erschrecken beide. Meine Mutter dreht sich weg und sagt: »Ich will keinen sehen, wer auch immer da ist, soll weggehen.« Und ich frage mich, warum man immer will, dass alle weggehen, wenn der eine gegangen ist.

»Ich schaue nur eben nach, wer das ist, ja?«, sage ich und lasse ihre Hand los, die kalt und schwitzig ist und schlaff von der Kante des Sofas herabhängt. »Ich komme gleich wieder, in Ordnung?«, frage ich, obwohl ich die Antwort schon kenne. Natürlich ist es nicht »in Ordnung«, seit einhundertdreizehn Tagen ist gar nichts mehr in Ordnung, aber ich frage sie trotzdem, damit sie nicht das Gefühl verliert, Entscheidungen treffen zu können. Ich will, dass sie mir sagt, was sie essen möchte und welcher Sender im Fernsehen laufen soll, ich will, dass sie mir sagt, was sie anziehen will und was trinken, wie sie meine Frisur findet und sogar das Wetter, ich will, dass sie nicht aufhört, Dinge zu entscheiden und eine Meinung zu haben, weil dann nichts mehr bleibt als zu atmen und zu verdauen und zu überleben und irgendwie nicht vor die Hunde zu gehen.

Ich laufe zur Tür und erkenne schon an der Statur, die sich verschwommen durch das Milchglas der Haustür abzeichnet, wer da steht. Ich hole Luft und öffne die Haustür: »Hallo Arne.« Ich lächle so, als könnte ich das noch wirklich, als sei da noch ein Teil in mir, der lachen kann. Arne steht vor mir, die Hände in der Tasche und sagt: »Hey.« Dann schaut er verlegen auf den Boden, und ich lehne mich an den Türrahmen und warte ab. Ich bin so erschöpft, so furchtbar erschöpft.

»Also, ich bin hier, weil ich fragen wollte, ob alles okay ist.«

»Ja, wieso nicht?«, frage ich gereizter als gewollt.

»Weil du nicht in der Schule warst. Bist du krank?«

Ich schüttle den Kopf, dann besinne ich mich und sage schnell: »Ja, Migräne.« Etwas Besseres fällt mir spontan nicht ein. Arne glaubt mir nicht, das sehe ich, aber das ist die einzige Antwort, die ich geben kann, ohne mich und meine Mutter zu verraten, die zwei Türen weiter auf dem Sofa liegt und leise schluchzt.

»Ja, du siehst auch ein bisschen blass aus. Geht es dir denn schon ein bisschen besser?«, fragt Arne und schielt an mir vorbei in den dunklen Flur.

»Ja, geht schon wieder. Willst du sonst noch was?« Ich stemme mich vom Rahmen ab und sehe ihm direkt in die Augen. Ich habe in den letzten Monaten herausgefunden, dass diese Taktik immer funktioniert. Man kann sagen, was man will, man kann seinem Gegenüber die größte Lüge auftischen, wenn man der Person dabei nur fest genug in die Augen schaut, wird sie die Lüge hinnehmen und keine Fragen stellen.

»Nein, nein«, sagt Arne und nimmt die Hände aus den Taschen. »Ist wirklich alles in Ordnung? Wir könnten rumhängen oder so. Wie früher.«

Ich schüttle den Kopf, so heftig, dass mir kurz schwindlig wird. Dann schaue ich ihn an und sage leise: »Nein, heute nicht, aber wann anders gerne.« Einfach in die Augen sehen und den Blick halten. Nicht aufgeben, einfach weitermachen. Die Tür schließen und zurückgehen. Und die Tränen verstecken und die Wut. Das Versprechen halten, egal, wie unerträglich es ist und wie sehr es wehtut.

13.

»Bei euch alles gut zu Hause? Wie geht's deiner Mutter?«, fragt mich Frau Gruber und sieht mich aufmerksam an. Ich nicke und sage, dass alles in Ordnung sei, warum die Frage, Frau Gruber? Und im gleichen Moment bereue ich es schon, natürlich fragt sie, weil man das eben so macht, weil man nach dem Befinden und der Mutter fragt. Sie ist meine Englischlehrerin, und sie macht sich Sorgen. Vor der Stunde hat sie mich abgepasst und gesagt: »Kann ich dich nach dem Unterricht einen Augenblick sprechen, Marlene?« Natürlich war das keine Frage, sondern ein Befehl, und ich habe »Ja, klar!« gesagt, so fröhlich es eben ging.

»Deine Leistungen lassen etwas nach, das weißt du ja schon, denke ich. Du bist eine der besten Schülerinnen, und ich wünsche mir, dass das so bleibt«, sagt Frau Gruber jetzt, und ich entspanne mich. Darüber können wir reden, dafür habe ich eine ganze Reihe von Ausreden und Erklärungen, darauf bin ich vorbereitet. »Ja, ich weiß«, sage ich, »das liegt daran, dass ich so eine Grippe in den Knochen stecken habe, die irgendwie nicht weggeht. Deshalb komme ich auch öfter zu spät und so. Ich weiß auch nicht. Ich bin ziemlich müde. Aber ist nicht schlimm, das geht wieder weg, ganz bald.« Ich schaue ihr dabei direkt in die Augen, halte ihrem prüfenden Blick stand, jetzt ja nicht nachlassen, Marlene, ja nicht schwach werden und heulen, nichts erzählen, bei dieser Version bleiben, eine Grippe, hartnäckig, aber nicht bedrohlich, der Arzt weiß natürlich Bescheid.

Ich sehe, dass sie mir nicht glaubt, dass sie zweifelt und abwägt, und dann sagt sie leise: »Marlene, du kannst mit mir sprechen. Wenn dich etwas beschäftigt oder du wegen etwas Probleme hast, kannst du es mir sagen, es bleibt unter uns, ich verspreche es.«

Nicht nachgeben und nichts sagen. Nicht von dem reißenden Fluss, von den Tabletten und von den Weinflaschen erzählen, auch nicht über die Angst sprechen, sie könne eines Tages einfach nicht mehr aufwachen. Ihr nicht erzählen, wie schwer so ein Körper sein kann, wenn man ihn die Treppe hochtragen muss, wie schwer so ein Sack zu halten ist, wie kompliziert es ist, ihn auszuziehen und ins Bett zu hieven. Nichts erzählen von all den Nächten, in denen ich neben ihr liege und ihrem Atem lausche. Von der Panik, wenn er für einen Moment aussetzt, nichts sagen von der Erleichterung, wenn ich das Schlagen und Pochen in ihrer Brust höre, wenn ich weiß, dass sie noch lebt, auch wenn sie jeden Tag ein bisschen mehr stirbt.

Ich darf nichts sagen von der Einsamkeit, die sich um mich gelegt hat, von der Sprachlosigkeit und der Last des Versprechens: *Du erzählst niemandem, was hier passiert, versprich es, Marlene, versprich es mir.* Ich darf nichts sagen von den Versuchen, sie zum Essen zu bringen, ihr ein Lachen abzuringen oder wenigstens ein Lächeln, ein Schmunzeln vielleicht, zum Teufel, irgendwas, ganz gleich, was es ist. Die Momente, in denen es mir gelingt, sie sind so rar, so selten, klein und flüchtig, so schnell vorbei. All das muss ich für mich behalten und allein bewältigen. Nichts darf ich sagen von all dem, von der anderen Frau und den Briefen vom Anwalt, von dem Telefonat, in dem alles zusammengestürzt ist und von dem ich nichts wissen durfte, das ich aber trotzdem mithörte: *Ich hasse dich so sehr, ich hasse dich so, warum tust du mir das an?*

Ich stehe stumm vor ihr und schaue sie an. Ich halte die Tränen zurück und mich zusammen, damit ich nicht einfach hier und auf der Stelle auseinanderfalle, damit ich nicht nachgebe und nichts verrate.

»Es ist wirklich alles in Ordnung, ich war beim Arzt und der sagt, dass so eine Grippe eben manchmal dauert und sich festsetzen kann. Ich gebe mir bald wieder mehr Mühe, versprochen«, sage ich und glaube mir selber, weil ich weiß, dass es immer so ist, immer so war. Dass ich funktioniere und mich selber besiege, wenn es sein muss, dass ich stärker als ich selbst bin und als alle Qual, jeder Schmerz, jede Angst, jede Lüge, jeder noch so schlimme Moment.

»Okay, ich glaube dir das mal. Aber du musst mehr Leistung bringen, sonst sehe ich schwarz für dieses Quartal. Meinst du, du schaffst ein Referat nächste Woche? Thema kannst du dir aussuchen. Aber du musst schon ein bisschen guten Willen zeigen, wirklich.« Sie sieht mich eindringlich an und wie die Mutter, die ich nicht mehr habe, und ich würde gerne umarmt werden von ihr und getröstet, aber stattdessen nicke ich heftig und sage, dass ich das natürlich sehr gerne mache, vielen, vielen Dank, dass ich an mir arbeiten kann.

Dann verlasse ich den Raum und renne auf die Toilette,

schließe mich ein und schreie ohne einen Ton zu machen in meine geballte Faust. Ich werde das hier überleben, und es wird allen bald besser gehen. Mama und mir, den Trümmern, die mein Zuhause sind, wir werden das hier überstehen, irgendwie.

14.

Etwas zu erreichen, auf das man lange gewartet hat, kann so schön wie furchtbar sein. Ich sitze in der Aula meiner Schule, eingeklemmt zwischen den Schultern meiner Eltern, Mama links und Papa rechts. Wir schauen nach vorne und tun so, als sei das hier alles ganz normal und die Stimmung überhaupt nicht angespannt: Die einzige Tochter bekommt ihr Abi-Zeugnis verliehen, Applaus bitte, auch wenn man schon sehr lange nicht mehr miteinander redet, auch wenn man sich hasst, heute spielen wir Familie, heute wird geklatscht, bei jedem Namen, bis irgendwann meiner aufgerufen wird. Ich stehe auf, laufe an den Stuhlreihen vorbei nach vorne, gehe zwei Stufen hoch, und dann stehe ich da, ich, Marlene Beckmann, Jahrgangsbeste, der Star. Vor mir steht Nina, meine ewige Konkurrentin, die heute nur Zweite geworden ist. Heute Abend auf der Party wird sie mir die Hand reichen und so etwas sagen wie: »Ich freue mich für dich.« Und wir werden beide wissen, dass das gelogen ist.

Vor uns auf der kleinen Bühne stehen der Schuldirektor und der Stufenleiter. Sie überreichen jedem das Zeugnis, bis ich an der Reihe bin. Direktor Stauffer geht an das Pult, das ganz vorne an der Bühne steht, und sagt: »Und nun kommen wir zu einem besonderen Augenblick. Klatschen Sie für die Jahrgangsbeste Marlene Beckmann, die einen sensationellen Schnitt von eins Komma eins erreicht hat.« Er dreht sich zu mir um und beginnt zu klatschen, die Eltern und Freunde meiner Klassenkameraden fallen mit ein, der Applaus wird immer lauter. Ich nehme mein Zeugnis und lächle, stelle mich an das Pult und sage: »Danke, vielen Dank«, mehr nicht, denn bescheiden bin ich natürlich auch. Das ist der Trick, wenn man als Jahrgangsbeste trotzdem beliebt sein will: immer schön bescheiden bleiben und sagen, dass das doch nichts Besonderes ist, dabei nicht überheblich wirken, sondern demütig bleiben. *Ich danke Gott, der Academy und meiner Familie.*

Dann gehe ich die Stufen wieder hinunter und zurück in den Spalt zwischen meinen Eltern. Meine Mutter hat vor Aufregung rote Flecken im Gesicht bekommen, mein Vater glasige Augen, als hätte er geweint, was er ganz sicher nicht getan hat. Ich lächle, und sie drücken und beklatschen mich, toll hast du das gemacht, Marlene, wir sind so stolz auf dich. Und ich, ich fühle: einfach nichts.

Später, beim Sektempfang, werde ich umarmt und bewundert, meine Eltern schütteln Hände und freuen sich: ihre Tochter, der Star des Vormittags, was für eine Freude, was für ein Stolz in ihren Gesichtern. Irgendwann gesellt sich der Direktor dazu, sichtlich angetrunken wie fast alle hier. So gerührt sei er, sagt er, immer wieder, so schön, wenn man die Kinder in die Welt hinausschickt, während dahinter schon die nächsten warten, aber heute, heute wartet nichts außer der Feier am Abend. Und meine Mutter trinkt das dritte Glas Sekt.

»Die Marlene ist schon ein besonderes Mädchen«, sagt der Direktor zu meinem Vater, der emsig nickt. »Mit diesem Notendurchschnitt steht ihr die Welt offen.«

»Ja, wir sind so stolz«, sagt mein Vater zum fünften Mal an diesem Tag.

»Das wäre ich an Ihrer Stelle auch. Und, Marlene, weißt du schon, wo es hingehen soll? Also fürs Studium meine ich?«

Ich schüttle den Kopf. Dann besinne ich mich: »Die Stadt ist nicht so wichtig. Die Uni muss gut sein, oder?«

Ich lächle mein Lächeln, das ich tausendmal geübt habe und beherrsche: Es ist das Lächeln von jemandem, der selbst noch lacht, wenn das Haus brennt, in dem er steht. Alles super, alles großartig, und bei dir?

Der Direktor entschuldigt sich, man sieht sich heute Abend, Hände schütteln, nicken, lächeln, Danke sagen. Mein Vater sieht meine Mutter an, die ein wenig wankt. Meine Mutter sieht auf den Boden, das vierte Sektglas in der Hand. Ich schlage vor, dass wir gehen, aber beide wollen noch einen Moment bleiben, das sei doch hier mein Fest, da könne man auch mal bis zum Schluss aushalten. Ich sehe sie an und versuche mir vorzustellen, wie es wäre, wenn wir noch eins wären, noch eine Familie, noch zusammen. Wenn das hier nicht bloß Schauspiel wäre, nicht bloß so tun als ob, damit keiner was merkt. Es gelingt mir nicht. Wir sind bloß sie und ich und er und sie und er und ich.

Meine Mutter entschuldigt sich auf die Toilette. Ich bleibe neben meinem Vater stehen und stürze ein Glas Sekt hinunter. »Musst du so viel trinken?«, fragt er mich sofort. Ich umklammere mein Glas und drehe mich ruckartig um.

»Was kümmert es dich?«, würge ich hervor und bereue es sofort, als ich sehe, wie sich sein Gesicht verfinstert und er den Kiefer zusammenpresst. »Natürlich kümmert es mich, meine Güte«, sagt er und atmet geräuschvoll aus.

»Auf einmal. Auf einmal kümmert dich, was mit mir ist. Jetzt, wo du deinen großen Auftritt als stolzer Vater hast, ja?« Er schüttelt den Kopf und fasst mich am Oberarm. Dann besinnt er sich und lässt mich los. »Ich will einfach nur feiern, dass du dein Abitur bestanden hast, und ich hatte eigentlich auch eine Überraschung, aber …« Den Satz kann er nicht zu Ende sprechen, denn Nina baut sich vor uns auf – mit einem falschen Lächeln und viel Beherrschung im Gesicht.

»Ich wollte dich nur auch ganz herzlich beglückwünschen. War ja ein knappes Rennen.« Ich nicke, obwohl es das nicht war.

»Ich freue mich jedenfalls für dich.« Setzt sie nach, und ich starre meinen Vater an, der Nina ansieht, die mich anschaut, und dann sage ich: »Danke, ja«, und umarme sie, weil ich hoffe, dass es damit erledigt ist – was auch immer sie hier will.

Aber Nina ist nicht fertig, ganz im Gegenteil. Sie wendet sich meinem Vater zu und sagt: »Sie müssen ja unglaublich stolz sein.« Sie weiß es. Ich weiß in diesem Moment, dass sie es weiß und dass sie es mich so wissen lässt. Mein Vater sagt: »Ja, sind wir, natürlich, wer wäre das nicht auf so eine tolle Tochter?« Und dann wendet er sich ab, blickt sich suchend um, als halte er nach meiner Mutter Ausschau. Nina lächelt und drückt meine Hand. »Bis heute Abend, ja?« Und dann sieht sie meinen Vater lange an und sagt: »Ich hoffe, Sie kommen auch? Das wird eine tolle Feier!«, und dann dreht sie sich um und geht. Zurück bleiben wir, Vater und Tochter, eine Familie, die keine mehr ist, und ein Kopf, in dem sich alles dreht. Ich sehe meinen Vater an und flehe, dass wir gehen, und endlich sieht auch er ein, dass die Show zu Ende ist.

Vor der Schule warten wir auf meine Mutter, der ich eine SMS geschickt habe. Ich zünde mir eine Zigarette an, um mich zu beruhigen, aber auch um meinen Vater zu provozieren. Der verkneift sich den Tadel, verkneift sich sowieso alles, um das hier zu ertragen. Der Alkohol hat mich müde und weich gemacht, ein bisschen mutig, ein bisschen irre, denn ich sage: »Na, hat doch super geklappt, die kleine Showeinlage.« Und dann lache ich ein bisschen hysterisch, ohne zu wissen worüber.

»Wie meinst du das?«, fragt mein Vater.

»Statt eines Zeugnisses hätte ich einen Oscar verdient. Beste Hauptrolle in einem Horrorfilm, in dem du Regie führst. Bist du stolz auf mich?«

Er schüttelt den Kopf. »Bitte nicht so, Marlene. Bitte nicht heute.«

»Ja, natürlich. Natürlich geht es darum, wann es dir passt. Sollen wir einen Termin machen, wann ich heulen kann? Oder einen, damit ich dir sagen kann, was für ein gottverdammtes Arschloch du bist? Nächsten Mittwoch, achtzehn Uhr würde mir passen, dir auch?«

Seine Hand greift nach meinem Oberarm, so vertraut, so fest, so voller Wut und Zorn, wie all die Jahre, wie immer, ich kenne das schon. Ich lache laut. »Willst du mir jetzt auch noch eine reinhauen, Vater?«, frage ich und reiße mich los. »Das fehlt eigentlich nur noch. Willst du allen mal zeigen, wie du wirklich bist? Sollen wir deine neue Familie noch anrufen, damit sie zuschauen kann? Das würde sie doch bestimmt interessieren, was für einer der neue Papa wirklich ist. Oder ist dir das peinlich? So wie Mama, wie ich? Soll das lieber wieder keiner mitkriegen, ja?«

Er sieht mich mit einem völlig leeren Blick an und schüttelt den Kopf. »Sag Mama, dass ich losmusste. Und herzlichen Glückwunsch noch mal.« Dann dreht er sich um und geht.

Zurück bleibe ich, Marlene, auf die man so stolz ist. Die all die Jahre nichts gesagt und niemandem was erzählt hat, die immer alles zusammengehalten hat, auch dann noch, als die ganze scheiß Welt um sie herum auseinandergefallen ist. Ich bleibe mit der Lüge zurück, die mein Leben ist, alles ist super, alles ist okay, auch wenn alles einfach nur noch kaputt ist. Ich sehe meinem Vater nach, der sich niemals umblickt, nicht jetzt, nicht damals, nie und erst recht nicht nach mir. Ich bleibe einfach stehen, wo ich immer war, und mache, was ich all die Jahre zuvor schon getan habe: einatmen und ausatmen und das Gesicht nicht verziehen, keine Tränen, kein Jammern, keinen Mucks. Ich sehe meinem Vater nach, der zu seiner neuen Familie geht, mein starker, stolzer Vater, der so ein Arschloch ist.

Meine betrunkene Mutter wankt auf mich zu und lacht. »Wo ist Papa?«, fragt sie und beißt sich im gleichen Augenblick auf die Lippen, denn Papa ist fort. »Er musste los«, sage ich und hake mich bei ihr unter, den Blick panisch auf den Ausgang der Aula gerichtet. Niemand darf uns jetzt sehen, alles muss wie immer sein, wie es schon seit Jahren ist: eine leicht angetrunkene Mutter und ihre Tochter, die sie nach Hause bringt.

Wir gehen zu Fuß, der Weg von meiner Schule bis nach Hause ist nicht weit. Meine Mutter wankt und lallt ihre Gedanken raus, sie kommentiert, was wir sehen und woran wir vorübergehen. Ich kenne das schon, auch das, was danach kommen wird: der unweigerliche Absturz, der Moment, in dem sich ihre Welt auf den Kopf dreht und die Tränen kommen und die Wut und die hässliche Fratze, die nicht mal sie selbst erträgt.

»Warum musste Papa denn so schnell los?«, fragt sie, als wir nur noch wenige Meter von unserem Haus entfernt sind.

»Er war müde.«

»Du sollst nicht lügen«, sagt meine Mutter und lacht, als hätte sie einen Witz gemacht.

»Wir haben gestritten.« Abrupt bleibt sie stehen.

»Worüber denn?«, fragt sie und stemmt die Hände in die Hüften.

»Wegen allem. Weil eben. Was soll ich sagen? Es gibt ja genug Gründe, oder nicht?«

Erst nickt sie, und ich will sie gerade wieder unterhaken, als sie sich mir entzieht und mich ansieht. »Marlene, ich weiß, wie schwer das für dich war. Und es tut mir leid. Dass du das alles aushalten musstest. Und dass du mich aushalten musst. Und dass ich keine bessere Mutter war. Und immer noch nicht bin. Es tut mir leid. Alles. Es tut mir so leid, Kind.«

Sie hat Tränen in den Augen. Ich blicke mich um. Die Straße ist leer, es ist Mittagszeit, die meisten sind zu Hause beim Essen, nur wir zwei auf diesem Abschnitt der Nebenstraße, in der unser Haus steht. Wenn ich jetzt das Richtige sage, dann bekomme ich sie ohne großes Tamtam ins Haus, noch bevor jemand etwas mitbekommt. Aber was soll ich bloß sagen, was soll ich tun, damit das hier zu Ende ist?

Diese Frage habe ich mir mehr als tausendmal gestellt. Ich habe sie mir gestellt, als er fort war und sie immer da, als ich ihre Mutter wurde und mein Vater verschwand. Ich habe sie ins Kopfkissen geschrien, das ich mir aufs Gesicht presste, in all den Nächten, in denen ich nicht wusste, was ich zum Teufel noch machen kann – damit er zurückkommt und sie aufhört zu trinken, damit er die neue Familie verlässt und alles wieder so ist, wie es mal war, als wir die Wale sahen, als wir noch wir, als wir noch ganz waren. Ich habe sie meinem Vater hundertmal gestellt, sag mir Papa, was soll ich machen, was haben wir falsch gemacht, warum die andere Frau, warum die neuen Kinder, warum nicht wir, warum nicht einfach wir drei zusammen, wir alle? Ich habe sie gebrüllt und geheult, geflüstert und rausgewürgt, aber nie habe ich eine Antwort bekommen, es hieß immer nur: Sag es niemandem, Marlene, niemandem auf der ganzen Welt, verstehst du, das ist nur zu deinem Schutz, das ist nur, damit du und deine Mama eure Ruhe habt, glaub mir, glaub mir doch, es ist besser so.

»Komm, Mama, wir gehen nach Hause, es ist nicht mehr weit«, sage ich und greife nach ihrem Arm und will schreien und toben, weil ich das mittlerweile so gut kann: sie greifen und festhalten, ins Haus ziehen, komm schon, Mama, alles okay, nur noch diese zwei Meter, die beiden Stufen, gleich sind wir da, gleich haben wir es geschafft. Ich starre auf meine Hand, die ihren Oberarm umfasst, und dann lasse ich los, ich lasse einfach los und stehe vor ihr, ich tue nichts, ich sage nichts, ich stehe einfach da und schaue sie an, meine Mama, meine schöne, stolze, zerstörte Mama, die genau wie ich keinen Schritt mehr weiterkann.

15.

Traurige, schwache Menschen senken den Kopf, sie buckeln, sie kriechen. Aber ich bin keiner von ihnen. Ich halte mein Kinn hoch und meine Augen nach vorne gerichtet, weil ich stark und schön und stolz bin. So betrete ich den Konferenzraum. Dabei lächle ich selbstbewusst. Meine Körpersprache sagt: Ich gehöre hierher. Es ist gut, dass es mich gibt. Wie schön, dass ich geboren bin. Und dann setze ich mich auf einen der Stühle in der zweiten Reihe und höre zu, wie Stefan die Präsentation hält, die ich vorbereitet habe, wie er das Lob einheimst, das eigentlich mir gilt. Aber wen interessiert's?

Mich sicher nicht, denn so läuft es halt, hier und überall, da bin ich mir sicher. Trotzdem bin ich glücklich. Denn am Ende klatschen alle und beglückwünschen Stefan für seine guten Ideen, seine plausible und kluge Strategie. Eigentlich loben sie mich, bloß wissen sie es nicht, aber das ist egal. Am Ende des Tages werde ich meine Mutter anrufen und sagen: Meine Ideen wurden heute vorgestellt und alle fanden sie sehr gut, ich denke, sie werden das meiste genau so umsetzen. Meine Mutter wird nicht verstehen, wovon ich rede und was ich hier überhaupt mache, sie versteht nicht einmal meinen Job-Titel, weil es den in ihrer Jugend, ach, weil es den vor fünf Jahren noch gar nicht gab, aber egal, denn sie wird staunen und sagen, dass das großartig sei und sie ja sowieso immer gewusst habe, was ich so alles draufhätte, und *schön, Marlene, ich bin so stolz auf dich.*

Natürlich werde ich nicht erzählen, was ich wirklich denke und fühle. Ich werde sagen, wie sehr ich mich freue, wie gut es mit Jakob läuft, *ist das nicht schön, jetzt muss ich aber schlafen, ich muss morgen – puh! – schon wieder so früh aufstehen.* Ich werde neben Jakob liegen und nicht schlafen können, seinem Atem zuhören und ihn für das Geschnarche hassen und dann augenblicklich auch mich für den Gedanken, ihn mit einem Kissen einfach zu ersticken.

Nach der Konferenz schreibe ich eine WhatsApp-Nachricht an Jakob: Der dumme Wichser hat seine Ideen als meine verkauft, eines Tages laufe ich hier rein und knalle alle ab. Ich fühle mich so dermaßen verarscht, das kannst du dir gar nicht vorstellen. Ich wurde seit meiner Geburt verarscht, ich wurde von Kohl verarscht, von der Wiedervereinigung und von der Pille danach, von der Bravo Super Show und Modems und Chatrooms, vom Millennium, dem Euro, Bologna und vom Internet, von Myspace und von Mark Zuckerberg und von Instagram und Smartphones und Tablets, von Praktika und Volontariaten, von Berlin, von der Yoga-Fotze und von den scheiß digitalen Nomaden. Ich wurde verarscht, weil alle, einfach alle mir versprochen haben, dass ich nur hart genug zu mir sein muss, nur dünn, fleißig und hübsch genug, nur therapiert und reflektiert genug, nur geil und kinky genug, lieb und cool, gleichzeitig aber auch besonders, dann kriege ich, was ich will, was ich brauche, was mich weiterbringt, was wichtig für meine Persönlichkeitsentwicklung ist.

Denn das haben sie mir doch versprochen, all die Netzwerke und E-Mails, Netflix, Kokain und der Studienkredit, Blogs, Woody-Allen-Filme und Fotoautomatenmomente, & Other Stories, Acne und Twitter, die Unis und das lineare Fernsehen, Gespräche in WG-Küchen, Rotwein, Drinks mit komplizierten Namen und Gästelistenplätze, meine Lehrer, meine Träume: Alles wird super, wenn ich nur fest genug daran glaube, wenn ich nur oft genug Sport mache und zu geheimen Elektropartys gehe, wenn ich nur genug Facebook-Freunde und Instagram-Follower sammle, wenn ich süße Selfies mache, unter die ich deepe Gedanken schreibe oder schlaue Zitate, wenn ich meinen Bachelor im Ausland mache und für meinen Master in eine andere Stadt ziehe.

Ich kriege, was ich will, wenn ich reise, mich selber verwirkliche, in meine Chakren atme und alle sechs Monate zur Zahnreinigung gehe. Wenn ich einmal die Woche zur Therapie gehe, aber auch nur, weil ich mich selber besser kennenlernen will, nicht, weil ich kaputt oder krank bin. Ich habe keine psychischen Probleme, sondern nur eine leichte Anpassungsstörung, ich bin nicht sauer, sondern enttäuscht, ich bin nicht am Ende angekommen, sondern stehe am Anfang einer Reise, ich habe mich nicht verloren, sondern erkunde mich bloß selbst. Ich bin nie wirklich krank, mein Körper will mir damit nur irgendetwas sagen. Ich bin nie müde, sondern strenge mich einfach nur sehr an. Ich bin nie einsam, sondern setze mich nur mit mir selber auseinander. Und ich arbeite nicht, sondern verwirkliche mich. Ich bin meistens glücklich, nie alleine und nie gelangweilt, ich bin nicht zwanghaft, aber ich habe die Kontrolle, ich habe alles im Griff, auf die gute Art, bei der man auch mal loslassen kann.

Und wenn ich mal viel Spaß habe, dann, weil ich mir das gönne, weil ich schließlich nur einmal lebe. Angst habe ich nicht, denn ich bin mutig und wild und meine Gedanken sind frei. Ich liebe mich selbst, aber ich bin nicht arrogant. Ich habe eine Menge Freunde und eine schöne helle Wohnung, die ich mir gerade so leisten kann, was genau einem Drittel meines Nettoeinkommens entspricht, aber darüber redet man nicht. Natürlich fahre ich auch hin und wieder in den Urlaub. Mit meinem Freund, der mich liebt, wie ich bin. Und ich ihn, meistens jedenfalls, denn, klar, wir sind auch immer noch eine Herausforderung füreinander, das schätze ich ja so sehr an ihm und dass er so lieb ist, aber trotzdem dominant, dass er sich selbst verwirklicht, aber natürlich nicht egoistisch ist. Und hübsch ist er natürlich auch.

All das war das Versprechen, die Belohnung für gute Noten, für ein Einskomma-Abi, für das Lächeln, wenn ich schreien wollte, für das Bleiben, wenn ich rennen wollte, für das Durchhalten, wenn ich nur noch schlafen wollte, endlich mal ausschlafen und samstags nicht um zehn durch den Park joggen, aber wer schön sein will … Mein Körper ist mein Tempel und mein Geist stärker als mein Fleisch. Das war doch das Versprechen für das Verständnis und die Nachsicht, für die Rücksicht und die Loyalität, für die Arbeit und den Abschluss, für all die tausend Millionen Momente, in denen ich nicht geschwiegen habe, obwohl ich alles anzünden, alles abfackeln, alle umbringen wollte. Das war es doch, wofür ich diese verfickte Scheiße durchgehalten habe, warum ich noch da bin und in den Hörer lächle, alles läuft wie geplant, alles gut, nein super. Hier herrscht das Lächeln, die Hoffnung, der Optimismus, hier gibt es keine Angst, kein Scheitern, keine Einsamkeit, hier gibt es nur Selbstverwirklichung bis zur Selbstaufgabe.

Ich hasse all das, das ganze verfickte Erwachsenwerden, von dem nicht mal jemand sagen kann, wann es eigentlich anfängt, weil mich mit achtzehn absolut niemand für erwachsen gehalten hat – zu Recht. Also entscheidet nicht das Gesetz, wer erwachsen ist, sondern man selbst – durch die Entscheidungen, die man trifft, und die Sätze, die man sagt. »Ich gehe früh ins Bett, morgen habe ich diese Präsentation« – sehr erwachsen. »Ich ernähre mich seit drei Wochen von Lieferando und Wassereis und wäre am liebsten schon gegen zwölf Uhr mittags besoffen« – nicht sehr erwachsen. Hier unterschreiben, herzlichen Glückwunsch, willkommen bei uns.

Erst als ich mir Blusen bei H&M und ein paar Kleider in Boutiquen gekauft habe, hieß es: »Wie erwachsen du geworden bist.« Ich habe die Push-Mitteilungen von Spiegel Online aktiviert, und im Café lese ich immer das ZEITmagazin oder das SZ-Magazin, mir egal, diese Reportage letztens, die war echt krass. Das sage ich aber natürlich nicht, sondern dass sie »interessant« war und ich jetzt nicht esoterisch klingen will, wirklich nicht, aber die hat echt was mit mir gemacht.

Ich würde Jakob gerne anrufen und sagen: Ich hab so furchtbar Angst, Jakob. Vor mir, vor allem davor, zuzugeben, wie enttäuscht ich bin. Von einfach allem. Am meisten von mir und von all den Versprechen, die gegeben und gebrochen wurden, von all den Menschen, die gesagt haben, wie vielversprechend ich und meine Zukunft seien. Und, Jakob, ein paar der Versprechen habe ich doch gehalten, nur das eine, das eine große nicht: dass mich die Erfüllung auch nur eines von ihnen glücklich macht. Und dann würde ich heulen und klagen, ich würde jammern und würgen, gähnen und aufgeben, und ich hätte keine einzige Lösung für all das, keine einzige Antwort auf die Frage, die ich selber bin: Warum das alles, was hat das denn für einen Sinn?

Und dabei wäre ich so lächerlich, weil es mir doch so gut geht, weil ich doch alles habe, weil sich eine wie ich nicht beklagt und beschwert, weil ich doch dankbar sein sollte, Namasté.

Stattdessen warte ich nach der Präsentation auf Stefan und klopfe ihm auf die Schulter, *toll, wir sind so ein gutes Team, das wird großartig, bis nachher*. Ich gehe auf die Toilette, die neben dem Konferenzraum liegt, ziehe mein Telefon aus der Tasche und tippe »Damit das Mögliche entsteht, muss das Unmögliche versucht werden :) (Hermann Hesse)« und mache ein Spiegel-Selfie von mir, und dann poste ich das Bild und den Spruch auf Facebook und Instagram, und dann schaue ich zu, wie die Like-Zahl steigt, ich gucke einfach zu und aktualisiere immer wieder meinen Stream, und je mehr Likes und Herzen und Favs ich kriege, desto ruhiger werde ich, und dann schreibe ich Jakob, dass alles absolut super gelaufen ist.

16.

»Muss das sein? Mann ey, du kannst auch mal deinen eigenen Pudding kaufen.« Jakob schaut mich an, als hätte ich etwas wirklich Schlimmes getan. Fast muss ich lachen, mache ich natürlich nicht, weil Jakob nie so wütend guckt und selten so absolut ernst ist, und wenn, dann ist es besser, ihn nicht zu provozieren oder zu denken, er überlege es sich gleich wieder anders. Meine Mundwinkel zucken ein bisschen, weil ich ein Lachen unterdrücken muss. Ich sage nicht: »Ist das dein scheiß Ernst, dich wegen eines Puddings aufzuregen?«, sondern: »Kommt nicht wieder vor, okay?«

Ich liebe Jakob, und bald werden wir zusammenziehen und in den Urlaub fahren und all die Sachen machen, die Paare so tun, um sie auf Instagram posten zu können – #couplegoals #dreamteam #nofilterneeded. Voller Stolz werde ich all das Mama und einfach allen zeigen und dabei von Jakob reden, als wäre ich angekommen, ja, wie ruhig und glücklich ich sei, er ist der eine, *the one*, und ich bin seine. Dabei werde ich immer schön demütig bleiben, weil ich natürlich weiß, wie viel Glück ich habe. Denn wie oft findet man schon einen wie ihn, der einen dann auch noch mag, also echt jetzt, das ist so selten und so wertvoll, ich bin so happy, so erfüllt, so dankbar, was für ein Glück. Lucky me!

Sehr oft fühle ich das genau so und schaue Jakob an wie etwas, das ich nicht verdient habe, wie jemanden, der mir so zugelaufen ist, vielleicht war das Schicksal, aber natürlich ist es das nicht, sondern einfach Liebe, kann man nicht erklären, die ist einfach so da, wenn man sich erstens selber liebt und zweitens auch alleine glücklich ist und drittens nicht damit rechnet, dann kommt sie, die Liebe, und dann gibt es den Hauptgewinn: Jemanden, der plötzlich da ist, und alles ist einfach, alles ist selbstverständlich, alles ergibt sich so und macht endlich Sinn. Das weiß ja jeder, oder etwa nicht? Und weil das so ist, hatten auch all die Trennungen und Verluste zuvor einen Sinn, David zu verlieren, mich, alles, das war nur, damit ich jetzt genau ich und hier bin.

Aber manchmal, wenn auch selten, schaue ich ihn an und denke, wie merkwürdig es ist, dass da dieser Mensch existiert, der ständig da, der immer an meiner Seite ist. Wie merkwürdig es ist, dass dieser Mensch mich wirklich mag und erträgt, nicht flüchtet, mich nie verrät. Dann frage ich mich, warum jemand wie er mich liebt, wenn der doch eigentlich alle haben könnte? Oder eben zumindest eine, die einfacher ist, lustiger oder hübscher, größere Brüste, keine Cellulite, niemals Mundgeruch oder Zweifel, weder an sich noch an der Beziehung. Eine, die sagt: »Klar habe ich auch Komplexe, aber eigentlich bin ich schon superhappy mit mir.«

Jakob liebt mich, wie ich bin, das weiß ich. Er sagt es nicht nur, sondern zeigt es mir auch immer wieder, indem er bleibt, wenn ich mich selbst kaum aushalte. Oder wiederkommt, nachdem wir gestritten und Türen geknallt und schlimme Dinge zueinander gesagt haben, in der Hand eine

Papiertüte mit meinem Lieblingsdonut und einem Lächeln im Gesicht, das sagt: Ich liebe dich sehr, egal, wie scheiße du manchmal bist.

Ich frage mich manchmal heimlich, ob es das gewesen ist: ob ich das jetzt bis zum Rest meines Lebens mache, also das mit dem Job, mit mir, mit Jakob. Ich würde Jakob gerne all das fragen: Ich meine das nicht abwertend, bitte nimm das nicht persönlich, aber geht es dir auch so, dass du mich manchmal, ganz heimlich, anschaust und dich fragst, ob das alles ist, ob nicht irgendwo jemand auf dich wartet, der besser, schöner und smarter ist? Und PS: Macht dir das auch so viel Angst wie mir, und weißt du auch nicht, welche Antwort schlimmer wäre: ja oder nein, alles gut oder bye-bye, für immer zusammen oder #foreveralone?

»Im Ernst: Ich verstehe, dass bei dir auf der Arbeit gerade viel los ist. Und dass du einfach echt müde bist. Aber es kann nicht sein, dass du ständig meinen Kühlschrank leer isst und dich bedienst, als wenn das alles hier selbstverständlich wäre. Du weißt, ich habe wirklich viel Verständnis. Aber irgendwo ist auch eine Grenze, sorry.« Er rückt ein wenig von mir ab, gerade habe ich noch beide Hände auf seine angewinkelten Knie gelegt, gerade haben wir noch so schön und friedlich nebeneinander gesessen und unsere Serie geschaut, aber jetzt bricht hier plötzlich Krieg aus. Ich will meine Ruhe, wie jeden Sonntag seit Monaten, ich will im Nacken gekrault werden und früh schlafen, ich will Pizza und Harmonie und auf keinen Fall irgendein Problem, das mir den Tag versaut.

»Ja, ich hab doch schon sorry gesagt. Ich mache nächste

Woche den Einkauf, okay?« Jakob sieht nicht zufrieden aus, und spätestens jetzt bin ich mir sicher, dass es hier nicht um den Pudding, sondern ums Prinzip geht. Das hätte ich ahnen müssen, denn wenn man sich darüber streitet, wer den Müll runterbringt und wer Klopapier kauft, geht es immer um mehr. Ich will nur schlafen und am liebsten überhaupt nicht denken, nicht diskutieren, nicht kämpfen, nicht streiten, nicht einlenken. Aber Jakob will, und ich weiß, ich muss das jetzt ernst nehmen und mitmachen, wenn ich jetzt sage, dass ich dafür zu müde bin, wird er ausrasten.

»Machst du eh nicht«, sagt Jakob und drückt die Leertaste, damit der Film weiterläuft, und ich seufze und drücke sie noch mal, weil ich weiß, dass jetzt eh keiner von uns wirklich zuschaut.

»Okay, was ist los? Warum bist du so angepisst? Oder besser: Bist du angepisst? Was habe ich getan? Also, außer deinen Pudding zu essen?«

Sein Gesicht wird hart, er presst die Zähne fest zusammen, und mir wird kalt und ein bisschen schlecht, irgendwas stimmt hier ganz und gar nicht.

»Ach, keine Ahnung. Ich weiß auch nicht, was los ist. Vielleicht ist es auch das. Vielleicht verstehe ich dich einfach seit einer ganzen Weile nicht mehr.«

Er dreht den Kopf zu mir und schaut mir direkt ins Gesicht. Sein Kiefer hat sich entspannt, da ist weder Härte noch Wut in seinem Blick. Aber auf seinen Augen liegt ein Schleier. *Tränen,* denke ich, *wie überraschend.* Damit hatte ich nicht gerechnet. Ich strecke meine Hand aus und streiche ihm über die Wange. »Warum hast du das denn nicht eher gesagt?«, frage ich und hasse mich dafür, was für eine dumme Frage, wie unnötig und manipulativ, natürlich hat er nichts gesagt, natürlich nicht.

»Keine Ahnung, du bist ja nie da. Das soll kein Vorwurf sein, okay? Aber wann hätte ich was sagen sollen? Wir sehen uns doch kaum noch, und wenn du von der Arbeit kommst, dann bist du entweder total aufgedreht oder genervt. Du wirst immer dünner und zitterst ständig, und langsam habe ich das Gefühl, dass du irgendwas verheimlichst. Ich weiß nicht, ob das alles von der Arbeit kommt, aber so geht es nicht weiter. Du siehst krank aus und bist ständig verschnupft. Irgendwas stimmt doch nicht mit dir.« Ich sehe, wie schwer es ihm fällt, all das zu sagen, wie frustriert er ist und wie sehr er sich bemüht, mir das nicht zu zeigen.

»Tut mir leid«, sage ich und meine es auch. Meine Hand noch immer an seiner Wange, mein Blick voller Reue und schlechtem Gewissen, es tut mir leid, es tut mir leid, es tut mir so leid.

»Das ist Quatsch. Es soll dir nicht leidtun, und das wollte ich auch nicht hören. Du machst das ja nicht mit Absicht.«

Ich nicke. Mehr kann ich gerade nicht tun. Ich warte auf den Sturm, der aufzieht, er wird groß und heftig, Jakob wird all die Wut und die Kränkungen der letzten Monate hinausschleudern, alles sagen, Worte wie Platzregen, so laut wie ein Gewitter.

»Ich bin einfach ... keine Ahnung ... genervt. Und frustriert. Und auch irgendwie enttäuscht. Klar habe ich Verständnis, dass du viel arbeiten musst. Und dass du dann an den Wochenenden schlafen willst. Oder feiern. Und ich gehe auch echt gerne mit los. So ist es ja nicht. Auch wenn ich finde, dass das in letzter Zeit immer öfter eskaliert, und ich finde es ja nicht schlimm, wenn du ab und zu was nimmst, aber muss das wirklich jedes Mal sein, wenn wir weggehen? Irgendwie … keine Ahnung, ich weiß nicht, wie ich das sagen soll. Ich vermisse dich, so blöd das klingt. Irgendwie bist du da, aber irgendwie auch gar nicht. Du bist so … weit weg, so komisch irgendwie. Nicht meine Marlene, nicht, wie ich dich kenne. Und ich glaube, das fuckt mich echt ab, und ich will das so nicht.«

Ich will verneinen, was er sagt, ich will abstreiten und zurückschlagen, aber ich kann nicht, ich bin so müde, so erschöpft, und er hat so recht.

»Ich weiß, Jakob. Ich weiß, dass das alles stimmt. Aber kannst du noch ein bisschen Geduld haben? Bis ich den Vertrag kriege oder wenigstens bis der Pitch durch ist? Ich schwöre dir, hey, schau mich bitte an, bitte, schau mich mal kurz an.« Ich drehe sein Kinn in meine Richtung und lasse dann los. »Ich meine es ernst, das wird bald alles anders. Das wird besser. Ich verspreche es.«

Ich schaue ihm in die Augen, in denen ich mich fast jeden Tag spiegele. Die so klar und kalt und hart schauen können, aber mich niemals so niedergeschlagen ansehen. Diese Augen, die seit Jahren zu mir gehören. Und ich sehe den Schmerz darin und bin für einen Augenblick überrascht. Dass jemand so enttäuscht von mir sein kann, mich so sehr braucht, mich so vermisst, so abhängig von mir ist, dass dieser Jemand mich wirklich liebt und merkt, wenn ich immer mehr verschwinde, dass dieser Jemand darum kämpft, dass ich zurückkomme, dass dieser Jemand Jakob ist und gerade eine Grenze setzt: bis hierhin, aber nicht weiter, Marlene, keinen einzigen Schritt, echt nicht.

Er schüttelt den Kopf. Er glaubt mir nicht. Natürlich nicht. Wie auch, ich glaube ja selbst nicht, was ich da sage.

»Das sagst du schon so lange. Seit zehn verdammten Monaten. Und es hat sich gar nichts geändert. Und ich habe echt viel Verständnis gehabt, oder? Sag: Habe ich doch.« Ich nicke. Hat er. Umgekehrt hätte ich schon längst die Geduld verloren.

»Siehst du. Und das ist auch immer okay für mich gewesen. Ich finde das ja gut. Dass du dich selbst verwirklichst. Glaubst du mir das?« Ich nicke, obwohl ich ihm nicht glaube.

»Ja. Aber es wird nicht besser. Du arbeitest nicht weniger, sondern immer mehr. Hier ein Pitch, da eine Präsentation, hier eine Siebzig-Stunden-Woche und da noch ein paar Überstunden. Es ist doch immer irgendwas. Und sorry, dass ich das so sage, aber: Ihr macht da keine Notfallmedizin. Ihr seid keine Stroke-Unit, sondern ein Unternehmen, das banale Scheißegal-Produkte verkauft. Und die verkaufen sich auch von Montag bis Freitag. Von neun bis achtzehn Uhr. Aber dieser Typ, dieser Stefan, tut so, als sei das alles immens wichtig. Am Anfang hast du dich noch darüber lustig gemacht. Aber – und es tut mir echt leid, dir das so ehrlich zu sagen – du bist wie er geworden. Jedenfalls laberst du den gleichen Müll. Und ich erkenne dich nicht mehr wieder. Das kann doch nicht alles sein, was du willst. Facebook und Likes und dämliche Postings, die so was von unwichtig sind und dir vollkommen egal sein sollten. Oder? Das ist doch nicht das, was du mal erreichen wolltest?«

Ich ziehe erst meine Hand zurück, die in seinem Nacken lag, und winkle dann meine Beine an, ziehe meine Knie ganz dicht an den Körper heran, damit sie seine auf keinen Fall mehr berühren. Ich bin ein Panzer, eine Festung, er soll sich ficken, er und seine ganze Überheblichkeit.

»Wow«, sage ich und schüttle den Kopf. Jakob sieht mich verständnislos an.

»Was wow? Verstehst du nicht, was ich meine?«

»Nö«, sage ich so gleichgültig ich kann.

»Aha.« Jetzt zieht auch er sich zurück. Auf dem Sofapolster, wo gerade noch seine Hand auf meine gewartet hat, ist jetzt Platz genug für eine weitere Person. Und weil ihm das noch nicht reicht und der Sturm jetzt über uns tobt, steht er auf.

»Na, dann sag doch mal, Marlene, was du dazu denkst. Oder ist ›Wow‹ alles, was du zu sagen hast?«

»Weißt du was? Du bist einfach ein verdammter Arsch.«

»Okay, danke für diesen wertvollen Beitrag zur Diskussion.«

»Oh, das hier ist also eine Diskussion? Komisch, ich hatte eigentlich das Gefühl, dass es nur darum geht, mir zu sagen, was für ein schlechter Mensch ich bin und was ich alles falsch mache. Habe ich wohl nicht richtig verstanden, sorry.«

Jakob atmet laut ein und sehr langsam aus. Dann setzt er sich wieder zu mir auf das Sofa, legt eine Hand auf meine Knie und schaut mich an.

»Leni, ich will nicht mit dir streiten. Okay? Ich will nicht kämpfen. Wirklich nicht. Ich wollte nur erklären, wie ich mich fühle. Und es ist mir wichtig, dass du das weißt, dass ich mir Sorgen mache. Eine ganze Weile schon.«

»Aber warum denn? Mir geht es gut. Ich muss viel arbeiten. Viel zu viel, da hast du recht. Aber kapierst du nicht, dass das wichtig für mich ist? Dass das die Chance ist, auf die ich gewartet und für die ich noch einmal studiert habe? Und natürlich bin ich angespannt, wenn ich zu dir fahre. Ich bin einfach gestresst. Und natürlich zerrt das auch an mir und ich weiß, ich muss mehr essen und mehr schlafen, aber das geht eben nicht immer so einfach. Ich weiß, so was kannst du nicht nachvollziehen. Aber akzeptiere wenigstens, dass mir das wichtig ist.«

»Was kann ich nicht nachvollziehen?« Er verschränkt die Arme, zieht seine Hand und das Friedensangebot zurück. Das war es also mit der weißen Fahne. Mir egal.

»Dass mir meine Arbeit wichtig ist. Wenn wir schon dabei sind, den anderen zu verurteilen und zu bewerten, dann kann ich es ja auch sagen: Du kapierst natürlich nicht, warum ich so viel arbeite und warum mir das so wichtig ist. Dir wurde ja auch alles immer in den Arsch geschoben. Ha, was sage ich: Wurde? Das ist ja immer noch so. Ach, der Jakob möchte erst mal ein paar unbezahlte, freie Projekte machen? Kein Ding, Mama und Papa zahlen. Und feiern dich noch ab für den sinnlosen Müll, den du machst. Ach, entschuldige: Projekte sind das ja. Ist auch alles toll. Echt, ich freue mich für dich. Ist doch schön, wenn Mama und Papa die Selbstfindung finanzieren. Nur hat nicht jeder so ein Glück, weißt du. Manche Menschen müssen auch für ihren Lebensunterhalt arbeiten. Leute wie ich zum Beispiel.«

Die letzten Sätze habe ich mit einem bösen Lächeln im Gesicht gesagt, wohl wissend, dass sie ihm am meisten wehtun, ihn verwunden und zerfetzen. Nichts davon meine ich wirklich so, aber ich kenne seinen wunden Punkt und weiß, dass er mit all dem selber hadert. Mit seinem Glück, seinen Privilegien und der Tatsache, dass er es immer leichter hatte als ich. Und Jakob sagt nichts. Und weil mich das noch wütender macht, werde ich noch ekliger und bohre meinen Finger immer tiefer in seine Wunden.

»Aha«, sage ich, »du sagst dazu also nichts. Vielleicht, weil ich recht habe? Weil du es immer so beschissen einfach hattest mit deiner super Familie und deiner perfekten Kindheit und all deinen Freunden und deinem Studium und mit mir, die dir immer zuhört und auch nichts sagt, wenn du dich mal wieder über *das System* beschwerst. Als hättest du irgendeinen Grund, es zu kritisieren, als würdest du aus eigener Erfahrung von Ungerechtigkeit und unfairer Verteilung sprechen. Du bist einfach ein verwöhntes Kind.«

Jakob hat den Kopf gesenkt und alles über sich ergehen lassen, während ich geschrien habe. Jetzt dreht er sein Gesicht zu mir, und ich sehe, dass jeder Hieb gesessen hat. »Gut zu wissen, was du wirklich von mir hältst.« Er schüttelt langsam den Kopf. »Echt jetzt: Gut, dass ich weiß, was du denkst. Schade. Aber gut. Ist angekommen, habe ich kapiert.«

Er steht auf und geht ins Schlafzimmer, während ich erstarrt auf dem Sofa sitzen bleibe. Nach ein paar Minuten kommt er wieder, geht an mir vorbei, nimmt seine Tasche, seinen Tabak und sein Feuerzeug vom Tisch, dann läuft er in den Flur und zieht seine Jacke an. Ich kann mich nicht bewegen, ich mache mich nur gerade und schaue ihm beim Gehen zu. Das kann ich, das habe ich gelernt, das werde ich ertragen. Ich richte mich auf und starre ins Nichts, dann höre ich seine Schritte. Und dann seine Stimme, die unendlich weit weg ist und so müde klingt, so erschöpft: »Ich gehe jetzt. Mach's gut.« Und in diesem Moment weiß ich, dass ich ihn aufhalten muss. Ich drehe mich um und rufe ihm hinterher: »Scheiße Mann, es tut mir leid, ich war so ein Arschloch, bitte geh nicht.«

Jakob dreht sich um und sieht mich überrascht an. Ich springe auf und umarme ihn, nein, umklammere ihn, Panik und Verzweiflung, Reue und Angst, es tut mir leid, es tut mir leid, es tut mir so leid, ich weiß nicht, was in mich gefahren ist, ich wollte das nicht sagen, ich wollte nicht so sein, bitte, bitte, bitte verlass mich nicht. Ich weine an seiner Schulter und seine Jacke voll, ich spüre, wie er nachgibt und die Anspannung weicht, dann seine Hand auf meinem Kopf und die andere in meinem Nacken. »Pscht, alles wird gut, alles wird gut«, flüstert er in meine Haare, und ich weine und weine, und ich weine all die Tränen, die ich nicht weinen durfte. Sie fließen wie ein Sturzbach, doch diesmal ertrinke ich nicht darin. Denn Jakob ist da und hält mich, hält mich aus, seine Hand auf meinem Kopf, die Augen geschlossen.

Als ich wieder Luft bekomme, küsse ich ihn, zuerst seine Lippen, dann sein Gesicht. Und ich will sein Herz küssen und sein Gehirn, seine Gedanken, seine Hände, die Füße und Beine, die ihn nicht weggetragen haben, sein Lächeln, das voller Vergebung ist, nach allem, was ich gesagt und geschrien habe. Ich umklammere seinen Kopf mit beiden Händen und sage: »Wir werden wegfahren, du und ich, ich zeige dir den Ort, der mir am wichtigsten ist, ich verspreche es, wir fahren weg, wir machen das, und ich werde mir mehr Zeit nehmen und mehr da sein, glaubst du mir das, bitte glaub mir das und geh bitte, bitte nicht.«

Und dann schaue ich hoch, in das Jakob-Gesicht und in die Jakob-Augen, und ich bete, ich bete, dass es reicht, dass alles besser wird, denn ich weiß, gut ist es nicht, und dann schließt er die Augen und sagt: »Ich glaube dir, und ich gehe nicht.«

17.

Natürlich habe ich Angst, in sein Büro zu gehen. Mein Herz schlägt schnell, und meine Hände sind schwitzig. Trotzdem klopfe ich an und trete hinein. Er bietet mir einen Platz auf dem Sofa an, das ich hasse, und ich setze mich und atme ein und lächle. Ich werde meinen Text sagen, ich kann das, ich schaffe das, ich habe ihn auswendig gelernt und die Worte heute schon dreimal still auf der Toilette heruntergebetet. Trotzdem bin ich nervös. Mein Verstand ist aus Wasser und meine Worte aus Sand, alles verklebt in meinem Mund, der viel zu trocken ist, und dabei denke ich immerzu: *Reiß dich zusammen, Marlene, meine Güte, dein Anliegen ist nichts Besonderes, jetzt komm mal klar.*

»Also«, sage ich, »warum ich hier bin ... Folgendes ...« Er unterbricht mich: »Willst du auch einen Kaffee, ich hole schnell einen.« Ich nicke, warum nicht, ich nehme alles, was er mir anbietet, und schaue ihm nach und wie er das Büro verlässt. Ich spüre das eklige, kalte Leder, das an meiner schwitzigen Haut klebt, und rede mir in Gedanken gut zu: Meine Güte, du willst doch nichts Schlimmes, Marlene, was ist denn bloß los mit dir?

Stefan kommt zurück und stellt eine große Tasse Milchkaffee auf den Tisch. »Ohne Zucker, oder?« Er lächelt und öffnet zwei Päckchen, die er in seinen Cappuccino kippt. Ich schaue auf seine Hände, die nicht zittern, und ich denke daran, dass ich deshalb nie Zucker nehme, nur zu Hause, aber dann Kokosblütenzucker, nicht die Industriescheiße, die den Blutzuckerspiegel erst hochtreibt und dann in den Keller sausen lässt. Das habe ich auch Jakob beigebracht, das und ein paar andere Dinge: keine Massentierhaltung, kein Hack für zweineunundneunzig, keinen Kaffee aus Chile, keine Soja-Milch, die nicht nachhaltig produziert ist, Ökostrom, Wasserfilter.

»Gut, leg los«, sagt Stefan und lehnt sich zurück. Ich tue es ihm gleich, weil ich gelesen habe, dass gespiegeltes Verhalten sympathisch wirkt. Ich lächle, weil das hier natürlich überhaupt nicht unangenehm ist, sondern mein gutes Recht. Ich will ja gar nicht viel, echt nicht, nur zwei Wochen Urlaub und wissen, wie es für mich weitergeht. Ich bin seit zehn Monaten hier und kann noch schlechter schlafen als sonst, denn bisher hat niemand über eine Verlängerung gesprochen und ich weiß, dass außer mir keiner fragen wird, zumindest Maya nicht.

Ich blicke mich im Raum um und suche etwas, das ich positiv erwähnen kann, denn so fängt man, das habe ich ebenfalls im Internet gelesen, eine Verhandlung am besten an. »Cool, dass wir jetzt einen Kicker haben«, sage ich, weil sich in Stefans Büro nichts verändert hat und mir nichts Besseres einfällt.

»Ja, wir sind doch wie ein Start-up, und da gehört ein Kicker-Tisch irgendwie dazu, oder?«

»Ja, total, voll die gute Idee. Und dass wir das mit der flexiblen Arbeitszeit versuchen, gefällt mir auch. Zielvorgaben sind einfach der richtige Weg, wenn du mich fragst. Ich glaube, Microsoft macht das auch so.«

Er nickt. Ich auch. Tolle Idee. Alles. Nicht seine, aber trotzdem.

»Ich will einfach, dass sich die Mitarbeiter hier wohlfühlen. Ich weiß natürlich, dass das für euch junge Leute auch echt schwierig ist. Weil so ein großes Unternehmen natürlich schon auch ziemlich feste Strukturen hat, oder wie ihr sagen würdet, ein bisschen ›Stromberg‹ ist. Haha. Aber wir versuchen einfach mal was Neues. Das habe ich auch dem Betriebsrat gesagt. Dass die mal cool bleiben sollen und wir das jetzt mal ausprobieren. Das finde ich total wichtig. Eine Kultur des Ausprobierens, keine Angst vorm Scheitern zu haben. Und da spielt ihr natürlich auch eine wichtige Rolle. Das ganze Team. Wir sind schon eine Art Flaggschiff. Für die Zukunft.«

Ich nicke. Das klingt gut. *Zukunft, wir, Team.* Das klingt nach Zusammenhalt und einem gemeinsamen Bier am Feierabend. Und natürlich nach Festanstellung, wenn alles gut läuft.

»Ja, ich finde es toll, dass ein so ... na ja ... dass solch ein großes Traditionsunternehmen auch mal neue Wege bestreitet. Danke für das Vertrauen, echt jetzt.«

Er lächelt. Das ist gut.

»Also, ich bin ja superfroh, bei euch zu sein.«

»Wir sind auch froh, dass du bei uns bist!« Er stellt seine Tasse auf dem Tisch ab und sieht mich sehr aufmerksam an. Er wittert etwas, aber ich darf mich jetzt nicht verunsichern lassen, ich ziehe das durch, ich kann das, hab das gut durchdacht.

»Das ist wirklich schön zu hören«, sage ich und greife nach meiner Kaffeetasse.

Er nickt und schweigt. Jetzt, Marlene. Es ist nicht so schwer. Es ist okay. Und wenn es nicht klappt, dann kannst du danach immer noch überlegen, was du machst. Sei cool. Sei selbstbewusst. Du hast schon bewiesen, wie gut du bist. Du schaffst das. Du machst das. Du sagst das jetzt. Und los:

»Gut. Warum ich hier bin, also …« Ich hole tief Luft.

»Oh Gott!«, sagt Stefan. »Ist es was Schlimmes? Du willst aber nicht kündigen, oder?« Er lacht wie jemand, der genau weiß, wie absurd eine solche Vermutung ist.

»Nein, nein, alles gut!«, sage ich schnell und lache nervös, als hätte er einen wirklich absurden Witz gemacht. Ich und kündigen? Haha, niemals!

»Nein, es ist nur … also zwei Dinge. Erstens: Ich bin ja jetzt schon zehn Monate bei euch, und ich würde gerne wissen, ob es Pläne für danach gibt. Also ob ihr schon … darüber gesprochen habt, was … die Zukunft so bringt.«

Ich atme aus und fühle mich wie jemand, der gerade alles auf eine Karte gesetzt hat und jetzt einen winzig kleinen Moment lang genießen kann, dass es zumindest ausgesprochen ist. Bevor die Muskeln vor Anspannung wieder verkrampfen und das Herz erneut zu rasen beginnt.

Stefan lächelt nicht, und er sieht auch nicht entspannt aus, sein Gesicht wird hart und professionell, es sieht so aus, wie ich ihn bei meinem Vorstellungsgespräch kennengelernt habe: keine einzige Emotion, die nicht kontrolliert, kein Zucken, das nicht programmiert, kein Blinzeln, das nicht kalkuliert wäre. Selbst sein lautes Ein- und Ausatmen ist Berechnung und schon eine erste Antwort. Die Message:

Puh, da fragst du mich aber gerade was ganz schön Kompliziertes, bist du sicher, dass du das hier durchziehen willst?

Ich schaffe es, seinem Blick standzuhalten, und sitze die Stille aus, ich nehme nichts zurück und druckse nicht herum.

»Oh, okay«, sagt er, mehr nicht. Er verschafft sich Zeit, das ist Taktik, aber ich weiß, dass ich darauf nicht hereinfallen darf, jetzt bloß nicht sagen, dass es nicht so wichtig sei, *war nur eine Frage, nur so eine Idee, sorry, dass ich gefragt habe.* Ich zwinge mich zu lächeln, auch mit den Augen, denn wenn man nur die Mundwinkel nach oben zieht, wirkt das falsch und aufgesetzt, die Augen müssen mitmachen, aber nicht übertreiben, sonst glaubt der andere einem auch nicht. Das habe ich gelesen und oft geübt. Also lächle ich so, als würde ich ein Selfie machen, ein bisschen neckisch, ein bisschen cool, sehr selbstbewusst und souverän.

»Ist nur eine Frage. Du musst dazu nichts sagen. Aber ich wollte mal fragen, so zwei Monate bevor mein Vertrag ausläuft. Vielleicht habt ihr euch ja schon entschieden. Oder euch zumindest Gedanken dazu gemacht. Wenn nicht, ist das natürlich auch okay. Ich meine, wir haben ja wirklich jede Menge andere Sachen zu tun.«

Er faltet die Hände vor seinem Bauch. Ich versuche, nicht hinzuschauen, weil ich dann in seinen Schritt blicken würde, und das darf natürlich nicht passieren, wir flirten hier nicht, wir verhandeln, obwohl es ja manchmal hilft, den Kopf zur Seite zu neigen, die Augen kokett aufzuschlagen und eine Strähne um den Zeigefinger zu wickeln. Aber nicht jetzt, jetzt geht es um meine Zukunft, meine Zukunft hier in diesem Unternehmen.

»Hm, ja. Ich verstehe, dass du das wissen willst.« Er lächelt. Vielleicht ist das auch sein Selfie-Lachen, das weiß ich nicht, denn ich habe auf seinem Facebook-Profil kein einziges Bild gefunden, auf dem er lacht. Er sieht auf allen Fotos sehr seriös aus, manchmal auch stolz, wenn auf dem Bild seine Kinder oder seine Frau oder irgendein weißer Sandstrand zu sehen sind.

Ich nicke und lächle. Gut, dass er versteht, dass ich wissen möchte, ob ich bald arbeitslos bin und nach einem neuen Job Ausschau halten sollte, das zeigt ja nur meinen Ehrgeiz und dass ich nichts dem Zufall überlasse, dass ich gerne hier bleiben würde, es ist in Ordnung, diese Frage zu stellen, auch wenn Stefan mir ein anderes Gefühl gibt.

»Gut, also, die Wahrheit, ja?« Er sieht mich eindringlich an. »Wir haben natürlich darüber gesprochen. Wir, das sind der Vorstand und ich. Also, was heißt Vorstand, der Heinrich-Meierhof und ich. Kennst du den überhaupt?« Ich bejahe. Heinrich-Meierhof. Ein Name, den man nicht vergisst, wenn man ihn einmal in ein E-Mail-Adressaten-Feld getippt hat. Selbst, wenn es nur eine Massen-Mail wie »Hallo, ich bin die Neue, toll, bei euch zu sein, in der Kaffeeküche stehen Muffins, bedient euch gerne, ich bin die Volontärin, sagt gerne mal Hallo, wenn ihr an meinem Schreibtisch vorbeikommt!« gewesen ist.

»Und du weißt ja«, er nimmt einen Schluck aus seiner Tasse, »dass wir wirklich sehr froh sind, dich und Maya zu haben. Mal ehrlich, wir finden deine Arbeit und deine Ideen toll. Du denkst ungewöhnlich und bringst frischen Wind hier rein. Genau das haben wir uns gewünscht. Auch die Kollegen sagen nur Gutes über dich. Damit du das mal gehört hast, ja?« Ich nicke und werde ein bisschen rot. Aus Verlegenheit und Scham und Angst vor dem, was jetzt kommt.

»Aber, und das ist bestimmt unbefriedigend für dich, aber wir haben uns noch nicht final … besprochen, wie es konkret weitergeht mit dir. Mit euch. Mit Maya und dir. Aber, um das auch mal gesagt zu haben, alle halten hier wirklich große Stücke auf dich.«

Ich freue mich, weil ich noch nie so viel Lob und Bestätigung bekommen habe, seitdem ich hier bin, aber eine Antwort auf meine Frage werde ich hier nicht bekommen heute.

»Das verstehe ich natürlich. Aber schön zu hören, dass man mich schätzt, das bedeutet mir echt viel, danke, Stefan!«

Er lächelt zufrieden, vielleicht auch erleichtert, dann schaut er mir direkt in die Augen und sagt: »Mach dir nicht zu viele Gedanken, ja? Das wird schon alles. Wir brauchen euch ja.«

Er schaut demonstrativ auf seine Armbanduhr und erhebt sich dann.

Ich sage irgendwas mit »schön« und »danke für deine Zeit«, ich stehe auch auf, denn wir sind hier fertig, fünfzehn Minuten, mehr Zeit hat einer wie Stefan nie. Sein Outlook-Kalender ist immer voll. »Zehn Minuten zwischendurch, sorry, Marlene«, hat seine Assistentin am Anfang immer gesagt, wenn ich um einen Termin gebeten habe, aber weil Stefan mich mag, darf ich den Termin mittlerweile selbst eintragen. Und weil man Stefans Zeit nicht überstrapazieren sollte, reiche ihm die Hand und bedanke ich mich ein letztes Mal. Er nickt abwesend, und als ich schon fast aus der Tür bin, ruft er mir nach: »Ach so, die andere Sache haben wir jetzt gar nicht mehr besprochen, worum ging es da?«

Ich schüttle den Kopf und sage: »Nicht so wichtig, ich schreibe dir gleich noch eine Mail.« Dann verlasse ich das Büro und laufe direkt zu den Toiletten. Ich lasse warmes Wasser über meine Hände laufen und sehe mich dabei im Spiegel an, und ich nicke mir zu, ich rede leise mit mir selber, *das hast du gut gemacht, Marlene, du hast es geschafft.*

Zurück im Schlauch fragt Maya mich, wo ich gewesen sei. Ich setze mich auf meinen ergonomischen Schreibtischstuhl, von dem ich immer Rückenschmerzen bekomme, und sage: »Nur kurzer Talk mit Stefan, über den Pitch, nichts Besonderes, nur updaten und kurz schnacken.« Ich lächle Maya freundlich zu. Ich lächle auch dann noch, als sie ihren Blick längst wieder abgewandt hat, denn ich bin noch immer stolz auf mich und auch ein bisschen entspannter, schließlich braucht man mich hier, das hat Stefan ja gesagt, und das glaube ich jetzt einfach mal, alles wird gut. Dann rufe ich im Intranet das Formular für einen Urlaubsantrag auf und fülle es aus, schicke es ab und Stefan eine Notiz dazu: »Ich hoffe, der Zeitraum ist so okay, falls nicht, sag einfach Bescheid, ja? Danke, dass du dir heute so viel Zeit genommen hast!« Ich klicke auf Absenden und atme aus.

18.

Da ist Blut auf meiner Bluse. Das ist ein Problem. Nicht das Blut an sich, sondern dass da Blut auf der letzten Bluse ist, die ich anziehen kann. Blutende Nase: Das kann ich erklären. Unpassend gekleidet: nicht. Ich sehe mich panisch im Schlafzimmer um, noch ganz müde und verquollen, schon viel zu spät dran, um noch pünktlich zu kommen, aber noch nicht so spät, dass ich anrufen würde, um mich krankzumelden.

Ich habe höchstens drei Stunden geschlafen, das Make-up bröckelt wieder von meiner Haut ab, weil sie ausgetrocknet und rau ist. Ich habe geduscht und mich dabei an der Wand festgehalten, weil der Kreislauf den Schlafmangel und den Wodka nicht mehr mitmacht. Mit dem Speed hat das natürlich nichts zu tun. Natürlich nicht.

Mir fallen die Haare aus, und mein Gesicht sieht merkwürdig verzerrt aus – mein Kiefer schmerzt vom ständigen Kauen und Lippenbeißen. Eine Nebenwirkung vom billigen Speed, dem dreckigen Zeug, für das ich zehn Euro bezahlt habe. Ich war seit Ewigkeiten nicht bei einem Zahnarzt, obwohl mein Zahnfleisch manchmal blutet und meine Zähne ungesund aussehen. Was soll ich auch sagen? *Hi, ich weiß, Sie hätten das nie gedacht, ich auch nicht, haha, aber na ja, reden wir nicht groß drum herum, wir wissen ja beide, wie Kauflächen von Junkies aussehen.*

Ich schaue mich im Spiegel an. Junkies. Ja, von Junkies. Ich bin keiner davon, das weiß ich. Ich habe das im Griff, weil ich noch eine Arbeit habe und eine Beziehung und eine schöne Wohnung und Freunde und ein Leben. Aber ich habe Blut auf der Bluse.

Ich besitze mindestens zwanzig verschiedene Blusen in unterschiedlichen Pastelltönen, aber keine davon ist sauber. Ich wühle in der Schmutzwäsche auf dem Boden. Irgendeine muss sich noch tragen lassen, muss noch so frisch sein, dass man erst gegen Mittag riechen wird, dass ich sie bereits zum zweiten Mal angezogen habe. Nach ein paar Minuten gebe ich auf und zerre einen Pullover aus der Kommode, den ich über der Blut-Bluse tragen kann. Dann eben so. Dann eben schwitzen und irgendwas von Grippe erzählen. Ich sehe ohnehin nicht so aus, als sei ich noch gesund. Das Gute an einer Siebzig-Stunden-Woche ist: Man kann alles auf den Stress schieben.

Um zehn vor neun verlasse ich meine Wohnung. Das Treppenhaus dreht sich vier Stockwerke lang um mich, oder vielleicht drehe ich mich auch beim Gehen. Ich laufe die Stufen hinunter, wie jeden Tag, jeden Morgen zwischen acht und acht Uhr dreißig, in der letzten Zeit immer häufiger deutlich später. Ich bräuchte nur mal ein wenig Urlaub, um den Stress (die Drogen) abzubauen und meine Schlafprobleme (Drogenprobleme) in den Griff zu bekommen, und dann ginge es mir bestimmt (nicht) bald besser – diese Geschichte erzähle ich mir jeden Tag und Jakob auch und allen, die fragen, und auch jedem, der nur besorgt schaut, ich bin eben nur überarbeitet, müde und habe zu viel Stress, und sonst so?

Die Haustür fällt hinter mir ins Schloss, und ich stehe im grellen Sonnenlicht eines Julimorgens. Eine junge Mutter schiebt einen Kinderwagen an den Stufen meines Wohnhauses vorbei, im Wagen ein kreischendes Baby, an ihrer Hand ein Kleinkind, das sich zu schnell bewegt und laut vor sich hinplappert. Ich starre sie an und muss würgen. Es ist zu hell, zu früh, zu laut. Ich höre nur Geschrei, bin geblendet von der Helligkeit, die wie ein schriller Ton meinen Kopf flutet, als hätte man mir ein Messer zwischen die Augen gerammt. So stehe ich hier, auf der Straße, an einem wunderschönen Sommermorgen, Blut tropft mir auf die Bluse, oder war das schon früher heute, stehe ich überhaupt hier, wie spät ist es denn zum Teufel?

Ich zerre mein Telefon aus der Tasche, wühle nach den Zigaretten, stelle fest, dass alles da ist, was für ein Wunder, was für ein Glück ich habe. Auf meinem Weg zum Coffeeshop drücke ich mich an Müttern und ihren Kindern vorbei, mache ihnen keinen Platz, heute nicht. Marlene ist schon wieder zu spät und hat trotzdem ein Recht auf diesen Bordstein, nicht nur die anderen, nicht nur die gestressten Mütter und ihre Babytransporter, nein Leute, heute hat auch Marlene ein Recht auf diesen Gehweg, verdammt.

»Was darf's sein?«, fragt Ahmid und schaut durch mich hindurch. *Ich nehme einen großen Cappuccino wie jeden verdammten Morgen seit Jahren, du Arsch,* denke ich und sage: »Cappuccino wie immer.« So läuft das zwischen Ahmid und mir: Er merkt sich nicht einmal die Gesichter und Wünsche seiner Stammkunden, ich starre ihn wütend an und gebe kein Trinkgeld. Sein Kaffee schmeckt furchtbar, die Maschine ist alt und die Bohnen verbrannt, er kauft nur die billigen Großpackungen. Wahrscheinlich verachtet er Mädchen wie mich, die dumm genug sind, für diese Plörre drei Euro fünfzig zu bezahlen.

»Drei Euro siebzig«, sagt Ahmid.

»Habt ihr die Preise erhöht?«, frage ich, und meine Finger verharren im Portemonnaie, aus dem ich gerade Kleingeld nehmen wollte, exakt passend, wie immer.

»Jap.«

»Warum?«, frage ich ihn und gleich danach mich selbst, was eigentlich mit mir nicht stimmt.

»Wird alles teurer.«

»Ja, aber was genau ist denn nun teurer?«

»Milch.«

»Also kostet nur Kaffee mit Milch mehr?«

»Ja.«

Ich lege ihm fünf Euro auf die Theke und sage: »Stimmt so«, greife nach einem Plastikdeckel, stecke ihn aggressiv auf meinen Becher und verlasse wortlos Ahmids Coffeeshop.

Draußen trinke ich die Hälfte des Kaffees auf einmal. Dann krame ich die Zigaretten hervor, stecke mir eine zwischen meine Zähne und beiße einmal auf den Filter. An der Kreuzung hält der Bus, der zum Büro fährt. Wenn ich mich beeilen würde, wenn ich die Zigarette jetzt nicht anzünde, den Becher stehenlasse und einfach losrenne ... Ich suche das Feuerzeug und lasse den Bus wegfahren. Ich bin müde. Ich bin so unendlich müde.

Der Bus ist um diese Uhrzeit fast leer. Ich setze mich ans Fenster, klemme den Kaffeebecher zwischen meine Knie und ziehe mein Telefon aus der Tasche. Ich ignoriere die Nachrichten von Maya, die fragt, wo ich bleibe. Kopfhörer, Musik, Mails. Jeden Morgen, jeden Tag. Auch an den Wochenenden. Beim Öffnen des Outlook-Programms bekomme ich die Angst. Eine Angst, die ich schon gut kenne, weil sie zu mir geworden ist, weil sie ich ist. Eine vor dem Tag und eine vor Beschwerden und Nachfragen, eine davor, erwischt zu werden. Und auch eine, es nicht zu werden. Wie das zusammenpasst, habe ich noch nicht herausgefunden, aber es muss etwas damit zu tun haben, dass es endlich vorbei wäre. Dass die Angst weggeht, wenn das Schlimmste passiert ist. Wenn sie herausgefunden haben, dass ich nicht geeignet bin. Nicht für den Job, nicht für die Firma. Dass ich nur so tue, als hätte ich Ahnung von dem, was ich da mache. Dass ich im Grunde alles nur versuche, dass ich Lotto spiele und es Arbeit nenne: trial and error, trial and error, trial and error. Vierzehn Mails über den großen Verteiler, zwei nur an mich. Das Herz rast, der Bus schaukelt, der Kaffee brennt im Magen. Noch fünf Stationen und ein paar hundert Meter Fußweg, dann einen weiteren Tag klicken und tippen, lächeln und performen. Bis der Mittwoch vorbei ist und der Donnerstag und dann der Freitag und dann noch ein Wochenende und noch ein Montag und dann fliegen Jakob und ich einfach weit weg, einfach so, einfach raus, alles endlich einfach.

Um kurz vor neun, viel zu spät, betrete ich den Fahrstuhl. Die Bluse klebt an meinem Rücken, ich schwitze und würde gerne den Pullover ausziehen, drücke aber stattdessen im Fahrstuhl auf mein Stockwerk und schließe die Augen. Ein, zwei, drei, ein Gong, die Tür öffnet sich und Britta kommt herein. Sie strahlt, als sie mich sieht.

»Marlene, schön, dich zu sehen! Wie geht's dir?«, fragt sie.

»Alles super!«, sage ich.

»Ach, das ist ja schön. Schade, dass wir noch nicht essen waren. Du hast viel um die Ohren bestimmt, oder?«

Ich nicke heftig.

»Ich hatte auch eine ziemlich anstrengende Zeit. Mia kriegt gerade Zähne, das hält einen wach.«

»Du hast eine Tochter?«, frage ich. *Wieso sieht sie trotzdem so gut, so gesund aus,* denke ich.

»Ja, supersüß, hast du die Mail nicht bekommen? Ich hab nach der Geburt Bilder von ihr über den Verteiler geschickt. Na ja, egal, warte, Moment.«

Sie zieht ihr Telefon aus der Gesäßtasche, während ich bete, dass der Aufzug gleich bei meiner Etage ist.

»Guck, wie niedlich ist dieses Kind bitte?« Britta hält mir ihr Telefon hin, auf dessen Bildschirm ein breit lachendes Baby zu sehen ist. Ich kann mich natürlich nicht daran erinnern, es schon einmal gesehen zu haben, weil eigentlich jede Woche irgendjemand eine Mail mit der frohen Botschaft an den Verteiler schickt, dass die Mia, der Lukas, die Marie nun endlich da ist. Und weil wir so ein familienfreundliches Unternehmen sind, bekommen Eltern einen Bonus bei der Geburt eines Kindes. Deshalb sind eigentlich alle außer mir und Maya Eltern. Wenn jemand einen unbefristeten Vertrag bekommt, dann sehr sicher auch bald ein Baby. Das ist ein ungeschriebenes Gesetz hier.

Und ich stehe dann mit ihnen im Fahrstuhl und sage belanglose Dinge, die nett klingen, über Babybilder und durchgemachte Nächte, wenn mal wieder Magen-Darm rumgeht oder Läuse oder Windpocken. Montags stehen wir dann zusammen am Aufzug, ich noch kaum wieder nüchtern vom Wochenende, manchmal immer noch drauf, manchmal schon wieder. Und während sie mit dem Smartphone in der Hand lamentieren, wie anstrengend, aber auch wunderbar das Elternsein so ist, starre ich auf ihre Displays und weiß, dass auf meinem höchstens noch, kaum sichtbar, die Reste der Lines vom Wochenende zu sehen wären. Aber zum Glück zeige ich das ja nicht im Fahrstuhl rum.

»So süß, Britta!«, sage ich, und sie lächelt stolz. Ich weiß nicht, was ich sonst noch sagen soll. Ihr Kind ist mir scheißegal, genau wie sie. Wir haben uns nichts zu erzählen, also halte ich das peinliche Schweigen aus, das jetzt zwischen uns herrscht. Dann, endlich, öffnet sich die Tür.

Ich gehe den Gang entlang, vorbei an der Kaffeeküche und den Toiletten, biege am Ende rechts ab. Es riecht nach Putzmittel und Rührei. Die erste Tür links steht offen, natürlich ist Maya längst da und wartet auf mich. Ich betrete den Raum und atme heftig, so, als hätte ich mich sehr beeilt.

»Sorry, sorry, sorry, ich hab verschlafen«, sage ich und frage mich im gleichen Moment, warum ich mich bei ihr entschuldige. Und warum ich nicht lüge. Ich hätte beim Arzt sein können, bei einer Beerdigung, in einem Stau.

»Ist alles okay mit dir?«, fragt Maya, während ich meine Tasche neben dem Schreibtisch abstelle und mich in den Stuhl fallen lasse.

»Ja, alles super, und bei dir?« Ich schalte meinen Computer ein.

»Klar, immer, weißt du doch. Stefan war vorhin kurz hier, hat nach dir gefragt, meld dich mal gleich bei ihm.«

Ich schaue sie an und suche in ihrem Gesicht nach einem Hinweis, der mir sagt, was Stefan wollen könnte. Aber Maya starrt auf ihren Bildschirm und klickt sich durch irgendeine Präsentation.

Mir ist schlecht. Ich greife nach dem Kaffeebecher und kippe den letzten Schluck hinunter. Irgendwas tun, mich irgendwie ablenken, damit die Angst und der Würgereiz nicht noch größer werden. Ruhig bleiben. Es wird nichts passieren. Alles ist gut. Heute ist nicht der Tag, an dem ich gefeuert werde.

Ich tippe meinen Usernamen und mein Passwort in das Anmeldefenster und muss für einen Moment daran denken, wie stolz ich gewesen bin, als mir der Admin meine Daten auf einem Zettel überreicht hat. Mein Name at die Firma, in der ich immer arbeiten wollte. Mein Name. Marlene Punkt Beckmann at das Unternehmen Punkt de.

Das E-Mail-Programm öffnet sich und empfängt die Nachrichten, die ich schon im Bus gelesen habe. Sitzungsprotokolle, Zahlen, eine Kollegin verabschiedet sich in Elternzeit, eine neue Praktikantin stellt sich vor. Ganz oben erscheint eine E-Mail von Stefan.

Hey Marlene,
habe dich vorhin nicht an deinem Platz angetroffen,
komm doch bitte gegen 11 Uhr mal eben in meinem Büro
vorbei, Gruß Stefan.

Ich werfe einen Blick zu Maya, die eine E-Mail schreibt. Hat sie rübergeschaut? Hat sie die Mail von Stefan gesehen? Weiß sie, was Stefan von mir will? Schreibt sie ihm gerade, dass ich schon wieder zu spät gekommen bin, und macht einen Witz darüber? Bin ich paranoid? Redet man hier über mich? Fragt sie sich, warum ich bei dieser Hitze einen Pullover trage?

»Willst du auch Kaffee?« Ich schrecke hoch und starre sie an. »Ist wirklich alles in Ordnung? Du siehst irgendwie fertig aus.«

»Nein, danke«, sage ich, überlege es mir aber anders, als sie mit den Schultern zuckt und sich aus dem Schlauch windet. »Doch, warte, ich will Kaffee und rauchen.«

Sie nickt. Denkt sie, dass ich faul bin? Weil ich verschlafen habe und jetzt gleich wieder Pause mache? Spricht sie mit Stefan darüber?

Wir stehen zu zweit auf dem winzigen Raucherbalkon unserer Etage. In der Hand halten wir beide eine Tasse mit Instant-Kaffee aus dem Vollautomaten, der kaum besser schmeckt als der von Ahmid. Wir rauchen die gleiche Marke. Meine Hand hat gezittert, während mir Maya Feuer gegeben hat.

»Und, freust du dich auf den Urlaub?«, fragt sie.

»Ja, sehr. Ich muss wirklich mal für ein paar Tage aus diesem Laden rauskommen.«

»Hm.«

»War nur ein Witz, ich bin gerne hier.«

»Na ja, ein bisschen Ausspannen kann ja nicht schaden.«

Sie sieht gesund aus. Ihre schulterlangen Haare haben

keinen Spliss, und ihre Haut ist so glatt, dass ich keine einzige Pore erkennen kann. Ihre Haltung ist aufrecht und ihre Kleidung sauber. Sie sieht gepflegt aus. Sie riecht gepflegt. Ich mag Maya. Ich mag ihren Humor und ihre Präzision. Aber wir reden nie über Persönliches. Wir erzählen uns nur immerzu, wie gut alles ist. Wie gut es ist, dass wir hier sein dürfen. Dass wir diesen Job haben. Dass uns diese *Chance* gegeben wurde. Über die Entlassungen im dritten Stock haben wir kaum ein Wort verloren. Und auch nicht über Carmen, die vor vier Wochen gekündigt hat und seitdem nicht mehr hier gewesen ist. Es sind immer nur die anderen. Das ist bei Krebs so und bei »Umstrukturierungen« in Unternehmen auch. Es sind immer die anderen. Niemals wir. Oder doch?

»Wir haben heute Mittag noch das Treffen bei Barsch. Die Präsentation ist fast fertig, aber ich brauche von dir noch die Auswertung der Zahlen. Schaffst du das bis eins?«

»Ja, na klar«, sage ich und lächle. Ich erinnere mich, dass sie mich darum gebeten hat, aber nicht, dass die Zahlen bis heute da sein sollten. Ich erinnere mich, dass ich dachte, dass ich das schon irgendwie schaffe. Die Auswertung der Zahlen. Und was noch? Irgendwas war da noch, oder? Ich drücke die Zigarette an der Balkonbrüstung aus, und wir kriechen wieder in unseren Schlauch zurück.

Um kurz vor elf stehe ich vor Stefans Büro und kann mich nicht entscheiden, ob ich klopfen oder warten soll. Wenn seine Tür geschlossen ist, telefoniert er, oder er ist nicht da. Wenn ich klopfe und er gerade in einem wichtigen Call ist, störe ich ihn vielleicht. Ich schaue auf mein Telefon, das feucht ist von meinen verschwitzten Händen. Es ist Punkt elf. Ich klopfe. Nichts. Ich blicke mich um. Der Gang ist leer. Ich klopfe noch mal. »Da bist du, hi Marlene«, sagt Stefan hinter mir, ohne mich anzusehen, öffnet die Tür und bittet mich hinein.

Sein Büro ist kein Schlauch mit kleinem Guckloch, sondern ein großer Raum mit breiter Fensterfront, die vom Boden bis zur Decke reicht und den Blick auf die Innenstadt freigibt. In Stefans Büro ist es kalt. Die Klimaanlage surrt leise.

»Nimm Platz«, sagt Stefan und deutet auf die Couch. »Ich muss nur noch schnell eine Mail schreiben.« Sein Kopf verschwindet hinter dem Bildschirm des Computers. Er tippt, während ich mich auf die rechte Seite der Couch setze, meinen müden Körper in die Polster sinken lasse, die quietschend nachgeben. Es ist so still im Raum, dass man jede meiner Bewegungen hört, meinen Atem, das leise Knurren meines Magens, der so gereizt ist, dass er kaum den Kaffee bei sich behalten will. Der ganze Raum riecht nach Stefans Aftershave und dem Waschmittel, mit dem seine Frau seine Kleidung wäscht. Ich hoffe, dass er meinen schlechten Atem nicht wahrnimmt, eine eklige Mischung aus Wodkafahne und Kaffeegeruch. Ich reibe meine verschwitzten Handflächen aneinander und dann an meinem Rock ab. Ich muss zur Maniküre. Ich muss zum Waxing. Muss mehr auf mich achten. Und Wäsche waschen.

»So, Marlene, wie geht's dir?«, fragt er mich, während er sich entspannt zurücklehnt.

»Super, danke.«

Er nickt.

Ich sollte fragen, wie es ihm geht, aber es interessiert mich einfach nicht. Ich will nicht wissen, wie seine Woche so läuft, wie sein Morgen war. Ich will wissen, was er von mir will.

»Hmja, das ist schön zu hören. Und für heute Mittag ist auch alles vorbereitet? Maya sagte, dass sie noch an der Präsentation bastelt und auf deine Zahlen wartet.«

»Ja, damit bin ich fast fertig. Viel zu tun, du weißt ja, was gerade alles los ist.«

»Das ist gut. Gut, gut. Wichtiger Termin heute Mittag. Ich habe mit den Kollegen gesprochen, und wir sind uns ziemlich sicher, dass der Kunde unseren Vorschlag umsetzen wird.«

Er lächelt. Ich glaube, das sind gute Nachrichten. Also lächle ich auch.

»Gut, kommen wir zum Punkt: Es geht um deinen Urlaubsantrag. Ich hatte ihn ja schon bewilligt, aber wenn der Termin heute Mittag gut läuft, brauchen wir wirklich alle Ressourcen. Ich genehmige den Antrag natürlich, wenn du darauf bestehst, versteh mich da nicht falsch, Marlene. Aber es wäre schon besser, wenn du den Urlaub noch mal vier Wochen nach hinten schieben könntest. Ginge das?«

Er lächelt. Seine Zähne sind wirklich sehr weiß. Seine leichte Sommerbräune verstärkt den Eindruck noch. Er lächelt. Seine Haare sind wirklich sehr präzise geschnitten. Ob er und seine Frau noch miteinander schlafen? Er lächelt.

»Ja, ich habe mir schon gedacht, dass du nicht begeistert sein wirst, deshalb wollte ich erst einmal mit dir darüber sprechen.«

Habe ich geantwortet? Habe ich etwas dazu gesagt? Ich

nicke mechanisch und sage so etwas wie: »Ja, natürlich verstehe ich das. Wir sind ja sowieso schon so wenige Leute auf dem Projekt.« Ich nicke noch immer. Meine Halswirbelsäule knirscht. Würde ich den Kopf schütteln, bräche sie bestimmt einfach durch.

»Super, dann lehne ich den Antrag fürs Protokoll ab und du stellst einfach gleich einen neuen für ... sagen wir: in sechs Wochen? Toll, danke, Marlene, wir wissen dein Engagement hier wirklich zu schätzen.«

Nicken, knirschen. Mein Magen ist still. Mein Kopf ist leer.

»Na dann mal zurück an die Arbeit, oder?« Stefan lächelt, ich stehe auf. Stefan hält mir die Tür auf, ich gehe voran. Stefan sagt: »Alles okay, oder? Du siehst irgendwie müde aus, lange Nacht gehabt?«

»Nein, alles super, danke für das Gespräch und deine Zeit, bis nachher dann.«

Ich wanke auf die Toilette und denke, dass ich mich vielleicht übergeben muss. Im Spiegel sehe ich mein geschminktes Gesicht, das hinter einer Schicht aus Rouge und extrem deckendem Make-up verschwindet, die meine kaputte, blasse Haut verdeckt. Ich beuge mich über das Waschbecken ganz dicht an den Spiegel heran und entdecke etwas getrocknetes Blut an meiner Nase, fast unsichtbar, kaum vorhanden, wenn man nicht ganz genau hinsieht.

2. Teil

19.

Unter Druck treffen manche Menschen furchtbar impulsive Entscheidungen, die sie selbst nicht verstehen und erst recht nicht erklären können. Das ist etwas, das alle wissen, aber jeder vergisst, sobald er dieser Mensch selber ist oder jemand etwas tut, das ihm überraschend absurd erscheint. Und manchmal ist man beide gleichzeitig: derjenige, der eine Entscheidung trifft, und derjenige, der ihm dabei zuschaut und gar nichts mehr verstehen kann. Das ist dann wohl ein Moment, in dem sich alles in die vollkommen falsche Richtung bewegt. Und mein Moment ist heute.

Der Wecker klingelt um halb acht – dabei wäre das gar nicht nötig gewesen, denn ich bin noch immer wach und nicht schon wieder. Was ich nun machen müsste: aufstehen, ins Bad gehen, mich ausziehen, heiß duschen, mir die Zähne putzen, aus der Dusche steigen, mich abtrocknen, mich anziehen, mich schminken, meine Haare föhnen, meine Tasche packen, meine Jacke anziehen, zur Arbeit gehen. Was ich stattdessen mache: Ich stelle erst den Wecker und dann das Telefon aus. Das war's. Das ist alles. So klein und unspektakulär kann eine Entscheidung aussehen, die alles verändert. Wer hätte das gedacht?

Etwas funktioniert nicht mehr, und dieses Etwas bin ich.

Ich bin heute Nacht kaputtgegangen, irgendwann zwischen drei und vier Uhr. Ich hatte diesen Augenblick erwartet, ich hatte mit ihm gerechnet. Ich wusste, dass der Moment irgendwann kommen würde, aber dieses *irgendwann* war immer ein *heute nicht* und ein *jetzt nicht* gewesen, ein Punkt auf der Zeitachse meines Lebens, der sich kontinuierlich von mir fortbewegte, der in immer gleicher Ferne lag. Unsere Entfernung zueinander änderte sich nicht. Dachte ich. Und dann kollidierten wir doch.

Diese Kollision hatte ich mir in ängstlichen Momenten vorgestellt. Wenn mein Herz raste und meine Brust schmerzte und ich eine Ahnung davon bekam, dass kein Körper so etwas für immer mitmachen konnte, dass auch das stärkste Herz irgendwann versagen würde. Ich wusste, es würde zum Zusammenprall, zum Zusammenbruch kommen, wenn ich, ja, wenn ich nicht ab jetzt oder zumindest ab morgen, na gut, ab nächster Woche mit dem Irrsinn aufhören und wirklich nie wieder oder nur in Ausnahmefällen, auf jeden Fall viel seltener, höchstens dreimal die Woche, so leben würde wie jetzt.

Ich hatte den Zusammenbruch kommen sehen. Ich ahnte, wie er klingen musste – sehr, sehr laut – und wie er sich anfühlen würde – sehr, sehr schmerzhaft.

Wie falsch ich gelegen und wie wenig ich geahnt hatte, dass der Moment, in dem mein Leben in sich zusammenfällt, in dem die Statik meines Systems versagt und das ganze *Fake Empire* zusammenstürzt, durch eine derart banale Entscheidung herbeigeführt wird. Durch ein Wort, ein einzelnes Wort, eine Antwort auf alle Fragen, die ich mir in dieser schlaflosen Nacht stellte, und auch auf die eine große

Frage, die der klingelnde Wecker schreit: Stehst du auf, Marlene? Nein. Nein. Nein. Nein. Nein. Nein. Nein.

Nein. Ich stehe nicht auf, ich gehe nicht duschen, ich ziehe meine Jacke nicht an und ich gehe auch nicht aus dem Haus. Ich trinke keinen schlechten Kaffee, ich steige nicht in den Bus. Ich stelle dieses *Nein* nicht in Frage, denn diese Antwort duldet keine Widerrede.

Wenn zwei massereiche Sterne kollidieren, kann ein schwarzes Loch entstehen. Das ist bloß eine Theorie, weil man ein schwarzes Loch zwar messen, aber nicht sehen kann. Manchmal entsteht aus so einem Zusammenstoß aber auch ein neuer Planet oder ein Mond. Vielleicht ist das hier also der Moment, der mich endlich zur Besinnung bringt, der Beginn von etwas Neuem.

»Weißt du«, werde ich dann später einmal sagen, »es gab diesen einen Augenblick, in dem alles über mir zusammengefallen ist und mich unter sich begraben hat. Ich dachte, ich würde sterben, aber dann habe ich verstanden, dass ich mein Leben selbst in der Hand habe und noch einmal neu anfangen kann.« Diesen oder anderen Unsinn würde ich erzählen, weil Menschen das nun mal so machen. Sie kleben die Versatzstücke ihres Lebens zu einem Mosaik zusammen: Es sind nur Bruchstücke, aber wenn man sie gut auswählt und nebeneinander oder aneinander klebt, dann wirkt selbst das Kaputte irgendwie ganz schön. Das erzählen sie sich dann auch, weil die Menschen mit Metaphern umgehen wie mit der Geschichte ihres Lebens: Hauptsache, es klingt gut. Im Grunde sind Mosaike aber nur der lächerliche Versuch, die Trauer über Zerbrochenes durch die Illusion zu ersetzen, man könne auch aus der größten Scheiße noch ein Kunstwerk machen, denn in der Scheiße liegt die Weisheit. Oder so.

Ich versuche, mich zu betäuben. Ich will den Rausch zwingen, er soll sich zeigen, jetzt, und meinen Herzschlag beruhigen, er soll den Dreck, den Druck, die Angst wegnehmen. Er soll wie meine Mutter sein, er soll mich umarmen mit diesem festen Griff, der – das habe ich mal im Fernsehen gesehen – das Nervensystem beruhigt: Man umklammert jemanden, der furchtbar Angst hat, ganz fest mit beiden Armen. Man lässt nicht zu, dass die Panik frei herumfliegen kann, man lässt sie gar nicht erst herumtollen und sich ausbreiten, man drückt einfach nur fest zu. Die Message ist: *Ich lasse nicht zu, dass du in tausend Stücke zerspringst, ich halte dich zusammen mit meinen beiden Armen, ich passe auf, dass du nicht einfach auseinanderfällst.* Der Rausch kann das, er kann das eine ganze Weile und immer wieder, er packt so fest zu, dass kein Zweifel bleibt, der drängelt und fragt: Guten Tag, ich bin Ihr Gehirn, ich wollte mal fragen, ob Sie irgendwie noch anwesend sind?

Der Rausch kommt nicht. Er ziert sich neuerdings, er wartet ab, entzieht sich meiner Kontrolle. Das ist das Paradox des Rausches: Er kann nicht gezwungen werden, aber sobald er sich zeigt, sobald er einmal da ist, will ich ihn kontrollieren und beherrschen, damit er wild und irre bleibt, ohne das ganze Kopfzimmer auseinanderzunehmen und Chaos anzurichten. Aber der Rausch lernt dazu, er windet sich und flüchtet wie ein aufgekratztes Kind, das sich nicht einsperren lässt. Entweder ganz oder gar nicht, sonst eben nie wieder. Je öfter man das Kind zu sich einlädt und es ein bisschen toben lässt, desto seltener will es kommen, weil der Raum zu klein wird, die Gedanken zu lahm. *Langweilig! Langweilig! Langweilig!*, brüllt es und will mehr, noch so viel mehr, bis es wieder verschwindet.

Die Sonne scheint durch die Vorhänge, die immer nur einen Teil des Tages verschwinden lassen, gerade so viel, dass das Licht nicht wehtut. Die Gardinen sind zu schmal für die großen Fenster, ein Strahl zwängt sich durch den Spalt in der Mitte und fällt auf den Boden neben dem Sofa, auf dem ich mittlerweile liege. Das Zimmer liegt im Halbdunkel, doch im Strahl leuchtet der Staub auf dem Boden und in der Luft, der Qualm der Zigarette, die ich rauche, bläulich und grau, fast unsichtbar im Raum, so, als existiere der Rauch nur im Licht.

Eine Line Kokain, gemischt mit ein wenig Ketamin und Amphetamin. Alle dreißig Minuten eine weitere. Das Kokain hält mich konzentriert, das Amphetamin wach, das Ketamin berauscht. Es ist der perfekte Cocktail, eine Mischung aus Wachheit, die zugleich gedämpft ist, ein Fokus, der zugleich beweglich ist, ein Rausch, der sich wie Nüchternheit in einer Welt anfühlt, die sanft ist. Doch er wirkt nicht. Mein Herz rast, während mir das Atmen schwerfällt, meine Gedanken verirren sich in den Tunneln meines Gehirns, schwanken wie betrunken hin und her, warten auf den Rausch, reißen Türen auf und Fenster, aber er kommt nicht, der Rausch, er kommt einfach nicht.

Neben dem Sofa steht eine Flasche Wodka auf dem Boden, aus der ich trinke, weil ich ihn herbeizwingen will, jetzt, jetzt sofort soll er da sein und das Rasen meines Herzens lindern und die Gedanken ins Gästezimmer bringen, wo er und ich uns ein paar Stunden lang unterhalten, über alles, über mich, über die Welt, über mich in dieser Welt, ein innerer Monolog im Hinterzimmer meines Gehirns, während der Körper auf dem Sofa liegen bleibt und ich nicht in den Schlauch gegangen bin und auch nicht ans Telefon und überhaupt gar nichts mache, außer zu trinken und zu atmen und zu warten.

Das Display leuchtet auf. Beim Gedanken daran, die Mailbox abzuhören, rast mein Herz gleich noch ein bisschen schneller. In einer YouTube-Dokumentation mit vier Menschen, die alle unterschiedliche Drogen genommen haben und Aufgaben lösen mussten (Dinge wie Regale aufbauen, einparken, Waschmaschinen tragen), sagte der Arzt, der gar nicht aussah wie ein Arzt, sondern wie ein Schauspieler, der bei Grey‘s Anatomy mitspielt, dass ein Herzinfarkt ab einem Puls von 180 relativ *wahrscheinlich* wird. Solange der nicht erreicht sei, müsse sich der Proband (der gerade auf Kokain einen Kühlschrank eine Treppe hochzog) auch keine Sorgen machen.

Ich stelle mir vor, wie ich die Nachrichten aus dem Schlauch abhöre. 1: Marlene, kommst du noch heute, ist alles okay? 2: Marlene, es ist jetzt 11 Uhr, langsam machen wir uns hier Sorgen, ruf mal durch. 3: Ich bin’s noch mal, es ist jetzt 13 Uhr, wenn du krank bist, melde dich bitte krank, das ist so irgendwie nicht okay. Also ruf durch. 4: Es ist 16 Uhr, ich sage der Personalabteilung mal Bescheid, dass du krank bist, aber eine Mail wäre langsam angebracht, danke. 165, 172, 185, mein Herz setzt aus, setzt ein, setzt aus, setzt zum letzten Schlag an, Ende. Beim Abhören der Mailbox gestorben. Es dient also meiner Gesundheit, mich dem nicht weiter auszusetzen. Es ist halb sechs und die Flasche Wodka noch zur Hälfte voll, sterben darf ich erst, wenn alles ausgetrunken ist.

Die drei Tütchen mit weißem Pulver liegen auf dem Beistelltisch neben dem Sofa, daneben mein mittlerweile ausgeschaltetes Telefon, auf dem noch die Überreste der letzten Lines zu sehen sind. Ich greife nach den Drogen, nach dem Telefon, nach meiner Versicherungskarte und der Bankkarte, mit denen ich die Klümpchen aus dem Pulver kleinhacke – mit der einen Karte hacke ich, mit der anderen streife ich das Pulver vorsichtig ab. In den Filmen nehmen sie Rasierklingen, aber ich kenne niemanden, der etwas anderes als Plastikkarten benutzt. Niemand hat ein silbernes Röhrchen, niemand eine Rasierklinge, niemand ein Fläschchen mit einem Löffelchen, das man sich direkt unter die Nase halten kann. Es gibt kein Besteck, keine designten Tütchen. Es gibt Bankkarten und Smartphonedisplays, es gibt Geldscheine und Strohhalme und den kleinen, lächerlichen Wunsch, dass diese Line hier nun echt die letzte ist. Wir, die wir immer so tun, als bräuchten wir nichts von all dem, als könnten wir jederzeit aufhören damit, besitzen kein Profi-Equipment. *Och, nimm doch den Geldschein. Ja, sorry, ich hab nur diese Plastikkarte, die geht aber auch, oder?* Keine Spiegel, keine Klingen, kein Metall. Alles easy, alles halb so schlimm, ist ja nur diese eine Party, nur noch heute, morgen bin ich wieder wer, morgen ernähre ich mich wieder gesund und esse Avocados und mache Yoga und trinke drei Liter Wasser, und das heute, das war nur aus Versehen, weil es sich so ergeben hat, nur diese eine Ausnahme, nur noch diese eine Nacht.

Ich ziehe zwei Lines, dieses Mal reines Amphetamin und Kokain, ich habe die Geduld verloren, der Rausch soll jetzt kommen, »Mach die Scheißtür auf!«, schreit das Gehirn, und tatsächlich, da ist er, der Ehrengast hat die Party betreten und erhellt den Raum.

Meine Synapsen fackeln ein Feuerwerk ab, die Musik setzt ein, ein leises Wummern im Takt des Herzschlags, Techno, Strobo, Licht an. Der Wodka schmeckt nach Nacht, der Rausch nach Adrenalin, nach Tag, nach Wachheit. Der Körper fällt zurück aufs Kissen, der Kiefer krampft ein bisschen, endlich taub, endlich wach, endlich da, endlich nicht mehr hier. Alle Räume abgedunkelt, mein Gehirn im Partykeller. Von der Decke fallen Raketen und Glitzer, der Boden voller Konfetti, die Gedanken tanzen im Halbdunkel. Der Rausch in der Mitte, wie ein Licht, wie ein Strahl. Um den Strahl Halbdunkel, im Strahl alles erleuchtet: der Staub auf dem Boden und in der Luft, der Qualm der Zigarette, die ich rauche. Der Rauch ist fast unsichtbar im Raum, aber im Strahl leuchtet er bläulich und grau, und fast scheint es so, als existierte er nur im Licht. Fast ist es so, als existierte nur noch er

und ich
endlich
nicht.

20.

Zwei Menschen können sich dazu entscheiden, sich nicht als »Verliebte« zu bezeichnen. Sie können eine Beziehung führen, obwohl sie einander im Grunde egal sind. Sie können ihr Verhältnis als »lockere Affäre« bezeichnen. Sie können auch Worte wie »One-Night-Stand«, »ein bisschen Spaß«, »nichts Ernstes«, »Bekanntschaft« oder »nette Ablenkung« benutzen.

Diese zwei Menschen werden wahrscheinlich irgendwann verstehen, dass sie sich wie ein emotional verhungertes Kind verhalten, das in einem Laden voller Süßigkeiten steht, eine Fressattacke bekommt und versucht, das dumpfe Gefühl in der Brust, das es vielleicht als »Schmerz« oder als »Riss« bezeichnen würde, mit Gummitieren und Schokolade zuzukleben, bis es bunte Kotze erbricht und merkt, dass man nicht wahllos irgendetwas in ein Loch stopfen kann, damit es sich schließt. Und in das Loch »Niemand liebt mich« passt »Eine bunte gemischte Tüte für 4 Euro« nicht rein, egal, wie doll man drückt und schiebt.

Diese zwei Menschen würden begreifen, dass sich das Loch »Keiner liebt mich« nicht wahllos mit irgendeinem anderen Menschen stopfen lässt. Sie würden zwar merken, dass das auf lange Sicht nicht funktioniert, sich aber trotzdem betäubend genug anfühlt. Vielleicht machen sie auch einfach weiter, bis aus diesen zwei leeren schwarzen Löchern ein noch größeres wird, das einen der beiden verschlingt (und nach einer Weile zum Glück auch wieder an einer anderen Stelle auswirft).

Zwei solche Menschen stehen hier, und einer davon bin ich. Der Bass rührt in meinem Magen herum, an dessen Wänden Jägermeister und Weißwein kratzen. Der Club ist viel zu voll für einen Montagabend, aber trotz all der Körper, die sich gegen meinen drücken, friere ich erbärmlich. *Mehr essen*, denke ich, *ich muss mehr essen. Essen wird in Energie umgewandelt, und dabei entsteht Wärme.* Ich nicke. Das ist logisch. Und ein logischer Gedanke ist ein guter Gedanke.

Ich erinnere mich nur noch vage daran, wie ich hierhergekommen bin. Irgendwann hatte ich beschlossen, das Sofa zu verlassen, auf die Straße zu wanken und zu dem einzigen Club zu laufen, in dem ich niemanden vermutete, den ich kannte. Ich weiß, dass ich auf dem Weg ein stummes Selbstgespräch führte:

»Ist das eine gute Idee?«

»Nein.«

»Dann geh wieder nach Hause, leg dich schlafen, schreib Stefan eine E-Mail, lüg etwas von Krankenhaus und Notfall und sag, dass du die Woche zu Hause bleiben musst, aber morgen ein Attest in die Post gibst.«

»Nein.«

»Warum nicht?«

»Weil ich nicht kann.«

»Warum nicht?«

»Weil ich nicht will.«

»Warum nicht?«

»Weil es nicht geht.«

»Zieh die Mütze tiefer ins Gesicht, wenn dich jemand von der Arbeit in dem Zustand sieht, kannst du das mit der Ausrede vergessen.«

»Nein.«

»Geh wieder nach Hause, Marlene.«

»...«

»...«

»... Taxi?«

»...«

»Ich mache mir Sorgen.«

»Ich mir auch.«

»Wirst du jetzt verrückt?«

»...«

»Dreh um.«

»Hoffentlich ist niemand da, der mich erkennt.«

»Das ist so typisch für dich, du dumme, durchgeknallte Scheißkuh. Wieso kannst du dich nicht einfach zusammenreißen? Wieso machst du das? Wieso bist du so verdammt dumm?«

»Ich habe Angst.«

»Ich auch.«

»Konzentration.«

»Mir ist schlecht.«

»Langsam gehen, gerade halten, fünf Euro raussuchen, rüberreichen, merkwürdige Mütze, was für ein scheiß Job, wieso kenne ich die Türsteher nie und auch die Leute nicht, die neben ihnen stehen und gleichgültig gucken, was machen solche Leute tagsüber, wie freundet man sich mit denen an, bleiben noch zwanzig Euro, vorsichtig mit den Tütchen im Portemonnaie, wenn die rausfallen, ist der Abend gelaufen, Jacke in den Rucksack stopfen, rauchen, mir ist so scheißkalt, ist das da vorne … nein …, jetzt mach kein Drama Mann, keine Panik, beweg dich einfach, ein Schritt nach dem anderen, rechter Fuß, linker Fuß, Kopf hoch, Augen zu, trink was, dann geht die Panik weg, was hast du dir nur gedacht?, warum machst du das?, würg es runter, bestell noch einen, Fünf-Euro-Schein, ist ein Euro Trinkgeld okay bei einem Zwei-Euro-Schnaps?, lässt die Wirkung gerade nach?, ab wie viel Gramm ist das kein Eigenbedarf mehr?, eine Verhaftung wäre irgendwie aufregend, bist du bescheuert, *aufregend*, Gin Tonic, ohne Zitrone, findet sie das komisch?, *stimmt so*, tanzen, guck runter, dann bist du unsichtbar, entspann dich, genieß das, wieso fühlst du nichts?, siehst du gerade komisch aus?, diese Nacht ist schön, Jakob hat beim letzten Ausgehen genervt, denk nicht so über ihn, es nützt nichts, es ist kalt, Wodka ist warm im Kopf, zwanzig Minuten, dann legst du nach, geh noch mal an die Theke, mach dich gerade, sei stolz auf dich, du bist alleine in einem Club, wie erbärmlich, wie unabhängig, wie traurig, oh nein, das machst du jetzt nicht, schluck es runter, du heulst nicht, du heulst hier nicht, schlucken, atmen, konzentrier dich, es ist alles in Ordnung, alles ist super bei dir.«

»Du hast ja einen ganz schönen Zug drauf«, lallt mir jemand ins Ohr. Ich schaue ihn an und versuche verzweifelt, seine verschwommenen Augen zu fokussieren. Sie sind schwarz und verfließen mit der Nase und dem Mund wie das Gesicht einer Plastikpuppe, das langsam in der Mikrowelle schmilzt. *Wenn ich gegessen hätte, müsste ich jetzt kotzen*, denke ich, während die Puppe eine Hand auf meine Hüfte legt und verzerrt grinst. »Du siehst hübsch aus«, schreit sie gegen die Musik an, schmeißt die Worte einfach in den Raum, da wabern sie herum.

Ob man hier rauchen dürfe, fragt der Typ, und ich antwortete: »Du darfst auch hier brennen, mir egal« – eine Anspielung auf einen alten Witz, der aus dem Kontext gerissen recht absurd wirkte und so, als sei ich ein bisschen irre. Die Antwort scheint ihm jedoch zu gefallen, denn er steht noch immer hier und spricht zu mir und ich würde gerne sagen: *Es tut mir leid.*

Es tut mir leid, dass ich so erbärmlich und lächerlich bin und dass ich das allen antue, dass ich das Mama antue und meinem Körper und meinem Herzen und Jakob und mir. Es tut mir leid, dass ich nicht zur Arbeit gegangen bin. Es tut mir leid, dass ich hierhergekommen bin, anstatt im Bett zu liegen, wie sich das an einem normalen Montagabend gehört, nur bin ich nicht normal. »Tut mir leid«, sage ich leise, so leise, dass das Gesicht nichts davon hört. Dann beuge ich mich vor, bis seine Haare meine Wange berühren und ich ihm ins Ohr schreien kann, dass es mir leidtäte, aber ich jetzt leider nach Hause müsste, und dann gehe ich, wanke ich nach draußen, vorbei am Türsteher mit der merkwürdigen Mütze, den ich tagsüber niemals treffen werde, vorbei an den Grüppchen von Menschen vor dem Club, die Straße entlang, bis ich in einen Park hineinlaufe und mich daran erinnere, dass in der Mitte des Parks ein kleiner See ist. Ich laufe durch den dunklen Park, bis ich den Steg endlich erreiche und mich darauf fallen lasse, ich falle einfach um, rolle mich wie ein Baby zusammen und kann nicht heulen, nicht atmen, nicht schlucken, nicht denken, nichts tun, nur darauf warten, dass es vorbeigeht.

21.

Der Inhalt eines Kühlschranks verrät einiges über den Zustand seines Besitzers. Meiner sagt: Hier ist jemand wirklich ziemlich am Arsch. Die einzigen Lebensmittel, die nicht verschimmelt sind: gefrorene Himbeeren. In der Packung befinden sich noch drei, die ich gierig lutsche, während ich auf dem Boden vor dem Kühlschrank hocke. Ich weiß nicht, wann ich zuletzt gegessen habe, aber mein Kreislauf sagt mir, dass es schon lange her sein muss. Ich kann mich kaum noch auf den Beinen halten.

Ich ziehe mich am Kühlschrank hoch und warte, bis sich der Raum nicht mehr dreht, dabei zähle ich, weil Zahlen mich beruhigen, 1, 2, 3, 4, 5, 6, 7, 8, 9, 15, 18. Ich muss zum Supermarkt, um Essen zu kaufen, aber ohne vorher etwas zu essen, schaffe ich das nicht, also muss ich wohl vor dem Kühlschrank liegen bleiben und verhungern.

Im Regal neben dem Kühlschrank stapeln sich Tee-Packungen und Gewürze. In einem Fach entdecke ich eine angebrochene Packung Haferflocken und ein Glas Honig. Ich gebe beides in eine Schale und übergieße es mit heißem Wasser, denn ich bin sehr, sehr verzweifelt. Den Würgereiz zu unterdrücken fällt mir schwer. Den Brei nicht zu erbrechen auch. Aber die Aussicht darauf, mich anziehen zu können, die Wohnung zu verlassen und im Supermarkt Essen zu kaufen, das nicht ganz so widerlich ist, lässt mich durchhalten. Als die Schale leer ist, bin ich stolz auf mich. Wieder was geschafft, man muss sich eben kleine Ziele setzen.

Was nun kommt, ist wesentlich schwieriger zu bewerkstelligen: Es ist an der Zeit, sich dem Monster im Spiegel zu stellen. Es klappt erstaunlich gut, den Anblick meines Gesichts zu ertragen. Hunger kann so viel monströser sein als jedes Monster, das man selber ist. Der Hunger lässt mich meine Haare kämmen und Make-up auftragen, der Hunger lässt mich ins Schlafzimmer gehen und zieht mir eine Jogginghose und ein T-Shirt an, der Hunger lässt mich meine Tasche nehmen und aus der Wohnung gehen, der Hunger schleift und zerrt mich bis zum Supermarkt, der nur einige Hundert Meter entfernt liegt.

Der Laden ist voller Menschen, als ich ihn betrete, und das Licht ist grell und die Gerüche überwältigend. Ich nehme einen Korb und gehe durch die Lichtschranke, vorbei am Obst und Gemüse, keine Zeit für diesen Unsinn, ich brauche Industrienahrung, die man nur noch erhitzen muss, bevor man sie in sich hineinschaufelt. Fertiggerichte sind wie Babybrei – ideal für Menschen wie mich, die man zwar nicht mehr füttern muss, die aber so erschöpft und faul sind, dass sie ihr Essen noch immer nicht wie ein Erwachsener zubereiten. Die Mikrowelle als Muttterersatz, warum nicht. Ich irre durch die Gänge auf der Suche nach Lebensmitteln, auf die ich Hunger habe, doch die Sache mit dem Supermarkt ist wie die Sache mit dem Zahnarzt: Sobald man im Wartezimmer sitzt, ist der Schmerz weg.

Das mit dem Amphetamin war keine gute Idee. Der Hunger ist einem Ekelgefühl gewichen, ich schwitze so sehr, dass sich feine Perlen auf meinen Schläfen bilden, und als mir das bewusst wird, werde ich panisch. Merkt jemand, dass irgendetwas mit mir nicht stimmt? Wie schaffen es die anderen, sich zwischen all diesen Dingen und Packungen und Broten und Angeboten zu entscheiden? Woher weiß ich, was ich kaufen soll? Sind Bio-Produkte jetzt gesünder oder einfach nur teurer, und warum sehen die Packungen mit einem Bio-Siegel immer so viel ansprechender aus als die ohne? Habe ich Deo benutzt, und wenn ja, ist das dann trotzdem mein Schweißgeruch oder der von jemand anderem? Schauen mich die Leute gerade mitleidig und ein bisschen angeekelt an und denken: *Die Arme sieht so fertig aus, hoffentlich hilft ihr irgendjemand.* Schaut mich überhaupt jemand an?

Ich stehe vor der Truhe mit gefrorenen Kartoffelprodukten und starre eine Packung mit extralangen Pommes an. Ich frage mich, ob extralange Pommes anders schmecken, besser vielleicht oder auch nicht. Vielleicht ist das ja so wie mit den Nudeln, von denen auch manche behaupten, dass jede Form anders schmecken würde, dabei kann das gar nicht sein. Vielleicht beruhigt sich mein Kreislauf, wenn ich meine Hand ganz kurz bis zum Handgelenk zwischen die kalten Packungen lege. Vielleicht ist das aber auch keine gute Idee, weil es merkwürdig aussehen könnte, wenn ich vornübergebeugt mit beiden Armen in der Tiefkühltruhe hänge. Ich reiße eine Packung Pommes aus der Truhe und schmeiße sie in meinen Korb, ich muss hier weg, ich muss hier sofort raus.

In Gedanken zähle ich Dinge auf, die ich mag, wenn ich kein Amphetamin gezogen habe: Erbsen, Kartoffelpüree, Pommes, Nudeln, Kaisergemüse, Käse, Brot, Nutella, Parmesan, roter Saft, Erdnüsse, Pfirsichjoghurt, Quark, Kartoffeln. Ich schmeiße alles in meinen Einkaufskorb, den ich kaum noch tragen kann. Mir ist alles egal: Marke, Preis, Menge. Hauptsache, ich kollabiere nicht, bevor ich bezahlt habe, Hauptsache, ich schaffe es hier raus und mit den Einkäufen wieder nach Hause.

Nur eine von fünf Kassen ist geöffnet, deshalb hat sich eine lange Schlange gebildet. Ich stelle mich an, den Korb auf dem Boden, um ihn mit dem Fuß zu schieben. Er ist zu schwer für mich, alles ist zu schwer für mich. Vor mir steht eine junge Frau, die eine Flasche Mineralwasser und ein paar Bananen in den Händen hält, und ich werde unendlich traurig, weil ich das sein könnte. Ich könnte da stehen und Obst kaufen und danach zurück ins Büro gehen und meinen Job machen, meine Arbeit, die mir sehr wichtig und sehr sinnvoll erscheint. Das da vor mir könnte Marlene Beckmann sein, ein Blitz könnte in uns fahren und wir würden die Rollen tauschen und schon wäre ich wieder wie ich selber und das Wrack hinter mir eine Fremde, ein bisschen bemitleidenswert, ein bisschen abstoßend, könnte auch mal wieder duschen, das Mädchen.

Hinter mir stellt sich ein junger Mann an, der einen Vollbart trägt, T-Shirt und schwarze Jeans, der gesund aussieht und zufrieden. Ich werfe ihm einen Blick zu, er schaut zurück, sieht dann aber schnell weg. In dem Augenblick öffnet sich in meinem Gehirn eine Schleuse, und eine Welle von

Panik ergießt sich über mich, mein Herz rast, mein Kiefer krampft, meine Beine zittern, ich kriege keine Luft und versuche gleichzeitig, sie anzuhalten, damit ich nicht hyperventiliere und damit niemand meinen faulen Atem riecht, den Geruch eines Körpers, der langsam verwest.

Eine Panikattacke ist unglaublich mächtig, sie lässt sich nicht kontrollieren, von absolut niemandem. Sie frisst, was sie kriegen kann, verschlingt meinen geschwächten Geist und völlig erschöpften Körper. Es gibt keinen Ast, keine Klinke, nichts, absolut nichts, an dem ich mich festhalten kann, wenn die Welle kommt. Ich kann nur die Luft anhalten und versuchen, die Welle so zu reiten, dass mein Kopf nicht unter Wasser gerät. Denn je mehr ich mich wehre, desto mehr Wasser schlucke ich, desto größer die Wahrscheinlichkeit, nachher wimmernd und würgend am Boden zu liegen. Die Welle ist ein Monster, das immer größer ist als ich. Und obwohl sie so groß ist, kann niemand außer mir sie sehen. Das führt dazu, dass Menschen in einem vollen Supermarkt in einer Schlange stehen, ihren Korb auf den Boden stellen und aus dem Laden rennen, sich vor dem Geschäft übergeben und selbst dann noch so tun, als sei alles absolut super und alles absolut normal und alles im Griff, nur eine kleine Ausnahme, nur ein Versehen, geht gleich wieder, einfach nur einatmen und ausatmen.

22.

Ich muss ihn anrufen. Ich muss ihn anrufen und ihm sagen, was passiert ist. Er ist mein Freund, er wird das verstehen. Ich stelle mir sein Gesicht vor, das Jakob-Gesicht, das ich fast schon besser kenne als mein eigenes. Jedes Fältchen, jede Pore, jedes Haar – ich habe ihn so oft und ausführlich angesehen wie nichts und niemanden sonst. Sein Gesicht ist mir so vertraut, dass ich die Einzelheiten kaum noch wahrnehme und mich sehr konzentrieren muss, will ich ihn als eigenständigen Menschen betrachten, als einzelnes Ich, das von mir abgetrennt ist. Ich sehe immer nur das Wir, das Uns, eine Ansammlung von gemeinsamen Erinnerungen und Gedanken, die mich in der Welt verankern.

Ich habe es irgendwie geschafft, zurück in meine Wohnung zu gelangen, ich bin vor der nächsten Panikattacke weggelaufen, so schnell ich konnte, ich habe nur auf den Boden gesehen und dabei gezählt und mir geschworen, dass ich das nie wieder machen werde. Nie wieder Drogen, nie wieder Schlafentzug, nie wieder so abstürzen. Ich habe mir geschworen, dass es das letzte Mal war, dass ich mir jetzt Hilfe suchen werde und einen Entzug mache, dass ich gesund werde und wieder heil, dass ich die Scherben zu einem Mosaik zusammenklebe. Ich habe mit mir selber gesprochen, leise vor mich hingemurmelt, bis ich an der Haustür war, um der Panik nicht die Kontrolle zu lassen, fick dich Panik, fick dich, mich kriegst du nicht klein, niemals kriegst du mich. Als ich dann in der Wohnung war, habe ich mich auf den Boden gelegt, ich habe mich einfach hingelegt, und das war's dann.

Google-Suche:

Anzeichen Überdosis
Ungefähr 66.100 Ergebnisse (0,46 Sekunden)

Panikattacke Hilfe Anleitung
Ungefähr 93.000 Ergebnisse (0,44 Sekunden)

3 Tage wach schädlich
Ungefähr 36.600 Ergebnisse (0,59 Sekunden)

Irgendwann steht man wieder auf. Irgendwann steht jeder wieder auf – ich erst recht. Also tat ich genau das, ich stand auf, ich schleppte mich zum Sofa, auf dem ich nun liege und zu dem Schluss gekommen bin, dass ich Jakob alles erzählen muss. Ich muss ihn anrufen und ihm sagen, dass ich nicht zur Arbeit gegangen bin. Dass ich seit zwei Tagen zu Hause bin, dass ich seit über 48 Stunden wach bin, seit ich ihn zum Flughafen gebracht habe, dass ich nicht gegessen habe und voller Panik bin. Ich muss ihm all das sagen, und er wird wissen, was zu tun ist, er wird mit seiner Jakob-beruhigt-Marlene-Stimme sagen, dass das zwar alles ein bisschen irre und unangenehm sei, aber nichts, was man nicht geradebiegen könnte, *oder, Marlene, das kriegen wir schon hin?*

Das Problem ist, dass ich nicht weiß, wie ich erklären kann, warum ich all das getan oder viel mehr nicht getan habe. Das Problem ist, dass ich ihm sagen müsste, woher ich die Drogen habe und dass er recht hatte mit seinen Vermutungen, dass ich ein Geheimnis hatte, dass ich nicht nur ab und zu beim Feiern was nahm, sondern eigentlich ständig. Ich müsste ihm so viel erklären, dass ich gar nicht weiß, mit welcher Lüge ich anfangen soll, denn alles ist Lüge, ich bin eine einzige große Lüge.

Jakob ist seit ein paar Tagen weg, und bisher konnte ich mit verlogenen Nachrichten, kurzen Chats und ein paar Likes seiner Facebook-Bilder so tun, als sei alles ganz normal. Vielleicht ist ihm aufgefallen, dass ich ungewöhnlich lange nichts gepostet habe, vielleicht hat es ihn auch stutzig gemacht, dass ich nicht darauf bestanden habe, dass wir telefonieren. Vielleicht hat er aber auch gar nichts gemerkt, weil niemand nach Indizien für einen Mord sucht, von dem er nichts mitbekommen hat. Marlene ist tot, hoch lebe Marlene.

Jemandem die Wahrheit zu sagen, wenn man sich in einem Netz aus Lügen verstrickt hat, wenn man selbst eine einzige große Lüge geworden ist, gleicht einem Selbstmord. Ich kann Jakob nicht alles sagen, aber ich kann auch nicht nur einen Teil erzählen, weil sich in diesem Fall ein *Bisschen* nicht ohne *alles Andere* erklären lässt. Doch *alles Andere* ist so groß, so allumfassend, dass Jakob sich vermutlich sofort in einen Flieger nach Hause setzen würde, bloß um mich höchstpersönlich noch einmal zu töten, nachdem ich alles, was er liebte und was ich war, selber getötet habe. Im Grunde hat Jakob nur mit der Hülle gelebt, in dessen Innerem ein Wesen behauptet hat, die alte Marlene zu sein. So etwas verzeiht man nicht, und so etwas verarbeitet man auch nicht. So etwas beendet man, und wenn Jakob mich verlässt, hat das Monster gewonnen, dann gibt es kein Netz mehr, keinen doppelten Boden, kein Seil und keinen Haken, an dem ich mich festhalten könnte.

Sich zu verstecken ist unmöglich. Man kann sich eine Weile ein Hinterzimmer im hintersten Stübchen einrichten, im eigenen Kopf wohnen und dabei zusehen, wie sich das Gehirn selber verdaut. Das ist das, was ich seit Tagen ertrage, aber wie das eben mit einfachen Lösungen so ist, sind sie verlockend und anziehend, aber erfordern das Ignorieren des Offensichtlichen, denn funktionierten einfache Lösungen, wäre die Sache mit den Drogen kein Problem, sondern die universelle Antwort auf alle anstrengenden Fragen des Lebens wie ein umgekehrtes, ewiges Jeopardy: »Was hilft bei allen Sorgen und Problemen?« – »Drogen.«

Vielleicht eine SMS, denke ich, *vielleicht schreibe ich ihm eine SMS, in der ich alles erkläre, dann bricht die erste Welle der Empörung über ihn herein, wenn ich nicht da bin, und trifft mich nicht.*

1. Version:

Lieber Jakob, ich weiß, das klingt jetzt ziemlich dramatisch, aber nachdem ich dich zum Flughafen gebracht habe, ist irgendwas mit mir passiert, das …

2. Version:

Lieber Jakob, ich weiß, das klingt jetzt ziemlich dramatisch, aber nachdem ich dich zum Flughafen gebracht habe, habe ich irgendwie die Kontrolle verloren und

3. Version:

Hey du, ich weiß,

4. Version:

Hey. Ich hoffe, es geht dir gut!? Mir nicht so sehr, ich habe dir etwas verschwiegen und ich komme einfach gleich zum Punkt: Ich bin nicht die, für die du mich gehalten hast.

Ja, genau Marlene, du Drama-Queen. »Ich bin nicht die, für die du mich gehalten hast.«

Ich kann es ihm nicht schreiben, ich kann es ihm nicht sagen, ich kann nichts tun, außer verschwitzt und hilflos auf meinem Sofa zu sitzen und darauf zu warten, dass ich endlich einen Herzinfarkt bekomme.

Also mache ich das, was ich am besten kann: Ich mache es noch schlimmer.

1. Version:

Hallo Stefan,

es tut mir leid, dass ich mich so lange nicht gemeldet habe. Ich würde gerne sagen, dass ich einen Unfall hatte, aber das wäre gelogen. Die Wahrheit ist, dass ich euren Scheißladen und meinen Job hasse. Alles, was wir da machen, ist Bullshit, den wir an seelenlose Bullshitmenschen verkaufen, die damit die Leere in ihren lächerlichen Leben füllen. Bitte betrachte diese Zeilen als Kündigung, gerne auch als fristlose. Auf ein Zeugnis verzichte ich, weil ich gemerkt habe, dass ich in dieser Branche nie wieder arbeiten möchte und mich daher auch nirgendwo

mit der Auflistung sinnloser Beschäftigungen, die ich hoffentlich immer zu eurer VOLLSTEN Zufriedenheit erledigt habe, bewerben will. Falls du mir doch ein Zeugnis ausstellen möchtest, wäre es lieb, wenn du es dir direkt aus dem Drucker in den Arsch schiebst.
Liebe Grüße
Marlene

2. Version:
Hallo Stefan,
es tut mir leid, dass ich mich so lange nicht gemeldet habe. Ich bin ziemlich krank, was keine Entschuldigung für mein Fehlen ist. Es tut mir leid. Eine Krankschreibung reiche ich nach. Ich denke, ich werde bald zurück sein.
Sorry. Marlene

Antwort um 21:32 h:
Liebe Marlene,
ich drücke es so aus: Ich bin enttäuscht. Wir haben uns Sorgen gemacht, und dein Verhalten überrascht mich sehr. Krankschreibung an die Assistenz dann wie immer. Rest besprechen wir, wenn du wieder fit bist. Tja, da bleibt wohl nur zu sagen: Alles Gute.

23.

Verzweiflung ist keine Denkaufgabe, die man lösen kann. Egal, wie sehr man sich anstrengt. Es gibt keinen Gedanken, der eine Lösung anbietet, keinen Moment, in dem das Gehirn sagt: Ja, ach so, na ja, da hätte man ja auch gleich drauf kommen können, dann ist ja gut. Vielmehr verhält es sich wie bei einem Echolot: Registriert wird, dass die Gedanken auf etwas stoßen, vielleicht ändert das den Kurs, aber wenn alle anderen Gedanken das Gleiche machen, sind sie ausschließlich damit beschäftigt, sich gegenseitig auszuweichen. Am Ende entsteht ein Chaos, das keiner mehr überblicken kann, alles nur Wellen und Ausweichmanöver und die Hoffnung, man möge nicht sinken, während man auf den dunklen Ozean schaut und weiß, dass in jedem Fall jede Hilfe zu spät käme.

Gerade, als ich erleichtert auflegen will, geht er ran.

»Hey, na, wie ist es?«

»Es ist so superschön hier. Also, ich meine …«

»Du musst dich nicht zurückhalten, ist schon okay, wirklich. Erzähl einfach.«

»Na ja, da ist dieser Vulkan, auf den ich jeden Abend gucke und den wandern wir morgen hoch und –«

»Wir?«

»Ja, also ich habe da gestern so eine Gruppe von Leuten am Pool kennengelernt. Die haben mich halt angesprochen. Weil … ich ja immer alleine bin und so.«

»Was sind das für Leute?«

»So eine Gruppe aus England, ein paar Jungs, zwei Mädchen. Alle sehr nett. Die wandern morgen da hoch, und ich dachte, ich komm mit, kann ja nicht nur am Pool liegen.«

»Ja, nein, verstehe.«

»Ja und das Wetter ist auch super. Dreißig Grad.«

»Was sind das für Mädchen?«

»So Mädchen halt. Ich kenne die ja nicht. Ich habe eigentlich auch nur mit den Jungs gesprochen.«

»Und jetzt wandert ihr da morgen also hoch.«

»Ja.«

»Hm, cool.«

»Ich vermisse dich.«

»Ja, ich wäre auch viel lieber bei dir.«

»Dann kündige doch und komm einfach nach!«

»Haha.«

»Sorry. Ich wollte nicht gemein sein. Wie läuft es denn?«

»Super!«

»Du klingst irgendwie genervt, ist alles okay?«

»Ja, nein, also ja, ich bin nur müde. Viel zu tun halt.«

»Ja. Wäre trotzdem schön, wenn du hier wärest. Also schöner. Schön ist es ja trotzdem. Du weißt schon …«

»Okay, also …«

»Musst du los? Hast du noch was vor heute Abend?«

»Was sollte ich vorhaben? Ich muss morgen arbeiten, Jakob.«

»Das weiß ich doch. Ich wollte nur nett sein.«

»Ich weiß. Schlaf gut.«

»Ist das dieses Ich-hasse-dich-gerade-schlaf-gut oder das andere?«

»Es ist immer das andere, Jakob.«

»Daran, dass du schon zweimal meinen Namen am Ende eines Satzes gesagt hast, erkenne ich, dass es Ersteres ist.«

»Gute Nacht, ja?«

»Ja.«

»Viel Spaß auf dem Vulkan.«

»Danke. Ich vermisse dich.«

»Ja, ich mich auch.«

»Wie meinst du das?«

»Nichts. Was soll ich meinen?«

»Egal, ich hab gerade was falsch verstanden, der Empfang ist auch nicht so gut in meinem … ich meine in unserem … also in dem Zimmer, in dem ich schlafe.«

»Ich leg jetzt auf.«

Ein Test

Wie viel Marlene Beckmann steckt in Ihnen?

1. Würden Sie lügen, um jemand anderen zu beschützen?
2. Lesen Sie Ihr Horoskop?
3. Sind Sie perfektionistisch?
4. Sind Sie ehrgeizig?
5. Sind Sie immer wieder überrascht über die Tatsache, dass Sie abends einschlafen und am nächsten Morgen aufwachen, statt tot zu sein?
6. Benutzen Sie Ihren Spotify-Mix-der-Woche als eine Art Orakel für alles, was in der kommenden Woche passieren wird?
7. Würden Sie sich als glücklichen Menschen bezeichnen?
8. Denken Sie manchmal an Selbstmord?
9. Falls es eine Hölle gibt: Wären Ihre Gedanken der Soundtrack, der auf Shuffle liefe?
10. Fürchten Sie sich mehr vor irrealen Dingen als vor der Tatsache, dass wir alle alt werden und sterben?
11. Gibt es irreale Dinge überhaupt?

Wenn Sie ein oder mehrere Male mit Ja geantwortet haben, sind Sie komplett am Arsch, herzlichen Glückwunsch.

24.

Ich stehe nackt vor dem Spiegel und schaue mich an. Ich stehe hier schon eine Weile, weil ich nicht weiß, was ich sonst machen soll. Ich ertrage keine Geräusche und keinen Lärm, ich ertrage nur die Stille, die mich umgibt. Ich schaue mein Spiegelbild an und versuche zu begreifen, wer da steht und was mit dieser Frau geschehen ist.

Ich bin Marlene, das weiß ich, und ich bin einunddreißig Jahre alt. Ich habe einen Freund, der mich liebt und den ich wahrscheinlich auch liebe, und ich habe einen Job, den ich ziemlich sicher verlieren werde, und eine Wohnung, in der ich nicht mehr lange wohnen werde, weil ich sie mir ohne Arbeit nicht leisten kann. Ich stehe da und rede mit mir selber und frage mich all die Dinge, die ich nicht verstehen kann. Warum hast du das gemacht, Marlene, was ist mit dir los? Warum sagst du Jakob nicht die Wahrheit, warum beendest du das hier nicht einfach sofort? Warum gehst du nicht zu einem Arzt oder weist dich selber in eine Klinik ein? Warum schmeißt du die Tütchen nicht einfach ins Klo und kriegst dein Leben auf die Reihe, findest den Anker wieder, löst den Knoten, wirst wieder normal? Warum hast Du das gemacht, Marlene?

Ich sehe mich selber an und weiß keine Antworten auf

die Frage, die ich bin. Was ist los mit dir, was ist bloß mit dir passiert, was hat dich denn so ruiniert?

Mein Herz rast, und mein Körper zittert, ob vor Kälte oder vor Hitze kann ich nicht sagen. Ich bin so müde und so wach, so voller Angst, so voller Freude über etwas, das ich nicht fassen kann. *Vielleicht bin ich endlich frei,* denke ich. Dann drehe ich mich um und ziehe mich wieder an. *Vielleicht ist es das,* denke ich, *vielleicht bin ich endlich frei und niemand ist mehr da, der daran etwas ändern kann.*

Ich starre den Wal an, den ich an die Wand gemalt habe, letzte Nacht, betrunken und gleichzeitig so qualvoll wach. Der Wal sieht schön aus und groß. *Und vielleicht ist das auch ein bisschen irre, so etwas an die Wand zu malen,* denke ich, *aber wer soll schon darüber richten, wer kann mir überhaupt noch irgendwas außer ich?*

Und ich denke daran, was der Wal bedeutet, und muss lachen, weil es so jämmerlich ist, weil ich diesen Wal seit Jahren auf alles male, seit ich ihn gesehen habe, seit er ein Teil von mir geworden ist.

Ich erinnere mich daran, wie ich ihn sah, an einem Tag vor hundert Jahren im Februar. Die Hand meines Vaters in meiner, die zudrückte, als wir sie endlich sehen konnten, die Stimme des Kapitäns, der rief: »Look there, look, what a huge family!« Wir folgten seinem Blick und sahen auf den unruhigen Atlantik, auf dem unser Boot schaukelte, auf die Wellen, auf die Rücken und Fontänen, die plötzlich auftauchten. Da waren sie, und mir schossen Tränen in die Augen, obwohl ich nicht heulen wollte.

Man muss sich das mal vorstellen: Das ganze Leben kann eine derartige Vollkatastrophe sein, so übersät mit Falltüren und Ängsten und Zorn, mit Problemen, die keine sind, und welchen, die ganz schön große sind, und all das passiert währenddessen, irgendwo auf der Welt. Egal, wie kaputt, traurig und einsam du bist, egal, wie schlimm alles ist, egal, wie müde du bist oder die anderen, wie grau, lahm und langweilig dein Leben, wie zerstört deine Nasenschleimhäute, wie leer dein Kopf, dein Konto, wie arg die Alpträume und die Schlaflosigkeit, wie absolut furchtbar einfach alles ist: Irgendwo im Atlantik schwimmt gerade eine Wal-Familie, und es ist ihr so was von scheißegal, wie traurig und erbärmlich dein Leben ist.

25.

Im Wartezimmer ist es stickig und voll, ich sitze seit einer Stunde hier und lese in einer Zeitschrift, wie ich »Step by Step« zu meinem »Sommerbody« komme. Ich habe am Telefon nicht gesagt, worum es geht, sondern nur, dass es dringend sei. Einen Moment lang hatte ich überlegt, nicht zu meinem Hausarzt Dr. Walter zu gehen, sondern in eine Praxis am anderen Ende der Stadt, eine Praxis, in der man mich nicht kennt und in der ich sagen kann, was los ist, ohne fortan »die mit dem Drogenproblem« oder »die mit dem Burnout« zu sein. Aber dann entschied ich mich doch für Dr. Walter.

Als ich endlich aufgerufen werde, schmeiße ich die Zeitschrift zu den anderen Magazinen, die sich auf einem Tisch in der Mitte des Wartezimmers stapeln. Ich möchte mir gerne die Hände desinfizieren, aber stattdessen reiche ich Dr. Walter, der in der Tür seines Behandlungszimmers auf mich wartet, eine davon. »Hallo Frau Beckmann!«, sagt der Arzt und bittet mich, Platz zu nehmen. Er setzt sich an seinen Schreibtisch und verschwindet hinter dem Bildschirm seines Computers. Er tippt und klickt und scrollt sich gelangweilt durch irgendein Dokument. Offensichtlich handelt es sich um meine Krankenakte, denn er sagt: »Sie waren ja schon eine Weile nicht mehr hier, Frau Beckmann. Was führt Sie denn heute zu mir?« Er schaut vom Bildschirm auf und blickt mich über den Rand seiner Brille an, mit seinen alten, blassblauen Augen, und plötzlich wird mir klar, dass ich zum letzten Mal hier war, als ... »Frau Beckmann, alles in Ordnung?«

Ich erschrecke und will automatisch »Ja, natürlich!« sagen, besinne mich dann aber und schüttle den Kopf.

»Ja, also nein, es ist bestimmt nichts Schlimmes, aber ich glaube, ich habe einen Magen-Darm-Infekt und sollte besser nicht zur Arbeit gehen.«

Dr. Walter nickt und tippt auf der Tastatur herum, dabei fragt er: »Wie lange schon?«

»Seit vier Tagen«, lüge ich.

»Fieber?«

Ich bejahe.

Ich habe im Internet gelesen, dass bei einer Infektion mit Salmonellen hohes Fieber auftreten kann. Und Salmonellen klingen schlimmer als Noroviren. Also habe ich Fieber.

»Wie hoch?«

»Neununddreißig Grad ungefähr?« Ich weiß, ich sollte das nicht als Frage formulieren, im Grunde ist das aber auch egal, denn die Krankschreibung wird er mir so oder so geben. Ich habe mir vorher überlegt, welche Symptome ich habe, denn ich darf auf keinen Fall zu gesund wirken, sonst muss ich vielleicht schon morgen wieder zurück in den Schlauch, und das ist keine Option, unter keinen Umständen, es gibt kein Zurück. Also ziehe ich ein paar Karten aus meinem »Eklige-Krankheiten-Quartett«: Durchfall, Erbrechen, Schüttelfrost, schlimme Sache.

»Magen-Darm geht gerade rum. Das tröstet Sie bestimmt nicht, aber vielleicht hilft ja das: Sie werden nicht dran sterben, haha.« Ich weiß, ich müsste jetzt lachen. Ich weiß, ich müsste das jetzt nur abnicken und dann kriege ich, was ich will: Ein oder zwei Wochen Aufschub, eine Schonfrist, um alles wieder auf die Reihe zu bekommen. Und so ein Infekt kann sich ja hinziehen. Ewig kann der sich hinziehen. Jetzt einfach müde lächeln, gezeichnet von der Krankheit, alles halb so wild, aber wild genug, um im Bett zu bleiben.

Ich lache nicht. Ich würge nur einen merkwürdigen Laut heraus, der ganz tief aus meiner Kehle kommt, eher einem Tier als einem Menschen gleich, und dann weine ich. Ich kann die Tränen nicht aufhalten, sie fallen einfach aus meinen Augen heraus, laufen und laufen und laufen. Ich wimmere leise, sitze einfach vor Dr. Walter mit brennenden Augen. Ich hätte doch bloß lachen müssen und nicken, *alles super, alles nicht so schlimm.*

Und Dr. Walter? Er hebt den Blick und sieht mich an. Er schaut mir einfach nur zu, ohne etwas zu sagen. Er wartet einfach schweigend, bis es vorbei ist. Nachdem ich mich beruhigt habe, greift er nach einer Box mit Taschentüchern, die auf einem kleinen Schrank hinter ihm steht, und hält sie mir hin, und ich ziehe eines heraus, ich kann kaum etwas durch meine verquollenen Augen und den Schleier aus Tränen sehen.

»Ich schätze, Sie weinen nicht, weil Sie einen Infekt haben. Vielleicht wollen Sie mir verraten, warum Sie wirklich hier sind.« Er faltet beide Hände auf dem Schreibtisch zusammen und beugt seinen Oberkörper leicht nach vorne.

»Ich weiß nicht, wie ich das erklären soll«, sage ich.

»Sie können mir alles sagen, Frau Beckmann. Dafür bin ich da.« Er nickt mir aufmunternd zu, und ich hole Luft, so tief wie ich nur kann, weil ich es nun wagen werde, weil ich mich nun raushangeln werde aus diesem Meer aus Scheiße und Geheimnissen und Dingen, die ich alleine nicht mehr schaffe.

»Ich weiß nicht, was mit mir nicht stimmt. Ich bin so müde. Als wäre ich nie richtig wach. Und ich nehme Substanzen, damit das besser wird. Aber es wird alles nur noch schlimmer. Und ich weiß nicht mehr weiter.«

»Von was für Substanzen sprechen wir hier?«, fragt er und kneift die Augen zusammen.

»Ich nehme Speed oder Ritalin, damit ich es durch den Tag schaffe. Und manchmal Kokain. Und andere Sachen. Alles Mögliche. Kein Heroin oder so was. Ich bin ja kein Junkie. Ich hab grad nur ... ein paar Probleme. Glaube ich. Und ich muss mal schlafen. Und aufhören damit. Also mit dem Konsum. Verstehen Sie?«

Dr. Walter atmet geräuschvoll ein, denkt einen Moment nach und schüttelt dann den Kopf: »Frau Beckmann, jetzt haben Sie mir aber wirklich einen Schrecken eingejagt.«

Ich schaue hoch. »Tut mir leid.«

»Muss es nicht. Aber ich dachte für eine Sekunde, dass ich Sie ganz falsch eingeschätzt habe, und war kurz erschrocken.«

»Wie meinen Sie das?«, frage ich.

»Bei Ihrer ... nun ja ... Vorgeschichte dachte ich für einen Augenblick, dass ich mir ernsthafte Sorgen um Sie machen muss. Ich will das auch nicht bagatellisieren, aber ... Sie haben ziemlich viel gearbeitet in letzter Zeit, ja?« Ich nicke.

»Ja, sehen Sie. Da ist man manchmal einfach erschöpft. Das ist aber noch lange kein Grund, sich solche illegalen Mittelchen zu beschaffen. Das lassen Sie mal sein ab jetzt, ja? Ich schreibe Ihnen ein leichtes Medikament auf, das ein bisschen die Stimmung hebt. Und dann wird das schon wieder.«

Ich starre ihn an. Er tippt. Ich starre weiter. Er tippt immer noch. Ich schüttle den Kopf.

»Nein, Moment, das haben Sie falsch verstanden. Ich habe wirklich ein ernsthaftes Problem. Mit Drogen und Alkohol und allem. Ich kann gerade nicht mehr. Ich brauche Hilfe.«

Dr. Walter hält inne und räuspert sich. »Frau Beckmann, Sie haben wirklich schwierige Zeiten hinter sich. Bei der Familienanamnese verstehe ich, dass Sie übervorsichtig und sehr gewissenhaft mit Ihrem Konsum umgehen. Das begrüße ich. Ich wünschte, mehr junge Menschen wären so. Aber eine Sache müssen Sie mir glauben, ja?« Er schaut mich ernst an und sucht meinen Blick. »Sie sind definitiv kein Junkie. Glauben Sie mir, ich hab da schon ganz andere Fälle gesehen. Lassen Sie diesen Mist weg und nehmen Sie einfach erst mal das Medikament vier Wochen, und dann sprechen wir noch mal weiter, in Ordnung? Und ich gebe Ihnen die Karte von einem befreundeten Kollegen mit. Da können Sie sich melden. Da werden Sie vermutlich erst in ein paar Wochen einen Termin kriegen, aber melden Sie sich da mal. Das ist eine gute Adresse. Falls Sie doch das Gefühl haben, es alleine nicht zu schaffen. Wovon ich nicht ausgehe.«

Er wendet den Blick wieder zum Bildschirm und tippt, dann beginnt der Drucker zu surren, und heraus kommen zwei Papiere – ein Rezept, eine Krankschreibung –, die er unterschreibt und vor mich auf den Schreibtisch legt.

»Ich will das nicht verharmlosen, Frau Beckmann. Aber ich bin mir ziemlich sicher, dass das nur eine Phase ist. Ruhen Sie sich aus, ich schreibe Sie zwei Wochen krank. Und wenn was ist, melden Sie sich, ja? Und wie gesagt: Lassen Sie das mit diesen Drogen sein. Das führt zu nichts. Sie sind eine kluge, junge Frau. Ich bin mir sicher, Sie merken selbst, wann genug ist. Und das ist jetzt. In Ordnung?«

Ich nicke und greife nach den beiden Zetteln, dann erhebe ich mich und reiche ihm die Hand. »Danke«, sage ich tonlos und drücke mich am Schreibtisch vorbei in Richtung Tür.

»Gerne, gerne«, sagt er, als ich die Tür öffne, und dann, als ich sie gerade schließen will, höre ich ihn noch sagen: »Und passen Sie auf sich auf, ja?« Dann fällt die Tür zu, und ich gehe vorbei am Empfangstresen und am Wartezimmer, den Kopf gesenkt, ohne mich zu verabschieden.

Draußen vor der Praxis knallt der Sommer seine Hitze auf die Straßen und die Köpfe. Mir wird kurz schwindelig, aber ich gehe trotzdem weiter, bloß weg hier, bloß nicht stehen bleiben und heulen, weitergehen, einfach weitergehen, hier gibt es nichts zu sehen. Ich presse beim Gehen meine Zähne zusammen, und ich achte nicht darauf, wo ich langgehe, fast renne ich, und lasse mich schließlich in einer Seitenstraße auf eine Bank fallen.

Die Bank ist warm, und ich streiche mit den Fingern über all die Einkerbungen, über das alte Holz. In der anderen Hand halte ich noch immer die beiden Zettel, ganz zerknittert und feucht. Dann lege ich sie neben mich und zünde mir eine Zigarette an. Das Nikotin beruhigt für einen Augenblick den irren Sturm in mir, und ich atme ein und ich atme aus und ich rauche und das Weinen verebbt, und dann lache ich, ich lache laut, weil das alles so wahnsinnig absurd ist. Ich habe doch tatsächlich gedacht, ich hätte ein Problem, haha, dabei habe ich gar keines, das hat der Arzt doch quasi gesagt, hier ist alles super, alles absolut fantastisch, ich bin nur ein bisschen müde und hab zu viel gefeiert, kein Drama, wirklich kein Drama, Marlene. Offensichtlich muss ich nur mal schlafen, und genau das kann ich jetzt machen, mich einfach ein bisschen erholen, mal langsamer machen, dann wird alles wieder normal, das hat ja damals schon so gut bei Mama geklappt.

Ich falte das Rezept auseinander und muss noch lauter lachen, denn Dr. Walter hat mir das gleiche Medikament verschrieben, das ich schon mal genommen habe, damals, vor einer ewig langen Zeit. Und vor mir hat es auch meine Mutter genommen, und hätte es das Mittel schon vor vierzig Jahren gegeben, hätte es vielleicht ja sogar auch meine Großmutter schon eingeworfen, macht doch nichts, ist doch ganz normal, ein Stammbaum auf Psychopharmaka gebaut, denn niemand hat hier ein Problem, hier ist keiner ein Junkie und keiner Alkoholiker, hier sind alle nur ein bisschen traurig und ein bisschen überarbeitet, und das ist doch nichts, was man nicht mit ein bisschen Chemie in den Griff kriegt.

Hinter mir wird auf einmal laut geschrien, Millionen laute und hohe Stimmen, die wie eine Welle über meinen Kopf schwappen, und ich drehe mich erschrocken um und sehe sie, die Kinder, die aus dem Gebäude hinter mir stürmen, die schreien und lachen und sich jagen und fangen. Und plötzlich wird mir klar, dass ich hier vor der Grundschule sitze, die nur ein paar Ecken von meinem Haus entfernt liegt, und ich sehe mich, wie ich hier hocke, ein kaputter Erwachsener, der mit einem Rezept für Antidepressiva vor einer Grundschule sitzt und heult. Und ich denke daran, dass ich diese Schule kenne, dass ich sie gemieden habe all die Jahre, dass ich immer Umwege ging und immer die Fenster schloss, wenn ich den Pausengong hörte, denn von allen Dingen auf der Welt, die ich nicht ertrage, ist das hier eines der schlimmsten.

Welch Ironie, denke ich, dass ich ausgerechnet hier sitze, in diesem Moment, an dieser Weggabelung meines Lebens, in diesem Augenblick, in dem ich den Preis bezahle für alles, was ich aufgegeben habe, und alles, was ich verloren hab, und dann stehe ich auf und sehe die Striche, die wir in die Bank geritzt haben, David und ich, jedes Jahr einen, für das Kind, das es nicht gibt.

26.

Ich weiß nicht, wessen Idee die Striche waren und warum wir damit angefangen haben, ist ja auch egal, die Striche waren einfach alles, was uns blieb, also teilten wir sie uns: David ritzte die eine und ich die andere Hälfte ins Holz, bis wir einen senkrechten Strich geschnitzt hatten. Wir standen davor, händchenhaltend, zumindest in den ersten Jahren, später nicht mehr, später schwiegen wir nur noch, weil wir nichts mehr miteinander anfangen konnten. Irgendwann hörten wir dann ganz auf, nach fünf Strichen, fünf Jahren. Denn was sollte so ein Strich schon lindern oder heilen? Was sollte ein weiteres Jahr noch ändern an dem Schmerz, der sich längst wie Efeu an uns herangeklettet hatte?

Im ersten Jahr saßen wir noch gemeinsam auf der Bank, mitten in der Nacht, damit wir allein und ungestört waren. Wir tranken Wodka aus der Flasche, und wenn wir nicht schwiegen, dann redeten wir über unsere Entscheidung, die doch so richtig, so gut, so vernünftig gewesen ist: ein Kind mitten im Studium, David und ich, auf keinen Fall. Oder?

Der Test war positiv gewesen, die beiden rosa Striche wurden sofort sichtbar. Es war nicht wie im Film, wir mussten nicht warten, bis da zwei Striche waren, ich pinkelte auf den Stab und setzte die Kappe wieder darauf und drehte den Test um, und da waren sie schon, die zwei Striche, wie eine Naturgewalt, ein Erdbeben, ein Wirbelsturm: schwanger, aber so was von.

Wir sitzen nebeneinander im Badezimmer seiner Wohnung, ein Samstagmorgen, vielleicht Frühling, vielleicht noch Winter, er, ich, zwei Striche und ein Embryo, das ja schon länger da sein muss, das es aber erst jetzt wirklich gibt. Wir zwei könnten drei sein und sind es ja irgendwie auch schon, und wir weinen und wir lachen und wir begreifen gar nicht, was das alles bedeutet und was sich verändern wird. Wir sind doch noch so jung, wir sind doch mitten im Studium, wir sind doch selber noch gar nicht richtig wir, wie soll denn da ein Kind aus uns entstehen?

Die Tage danach bestehen aus Brechreiz und Schlaflosigkeit, wir liegen wach nebeneinander und weinen und kämpfen, wir streiten und wir verzeihen, wir gehen alle Optionen durch, wir gehen zur Beratungsstelle, zum Frauenarzt und endlos lange spazieren, aber nach drei Tagen, an einem Abend, an dem es in Strömen regnet, packe ich meine Sachen und gebe David einen Kuss: Ich gehe nicht für immer weg, ich muss nur mal eine Weile alleine sein, ein paar Tage nachdenken, eine Entscheidung treffen, mit der ich leben kann, ich brauche das jetzt, bis dann.

Ich laufe durch den Regen zur U-Bahn-Station.

Der Regen kühlt meinen überhitzten Kopf und hilft gegen die Übelkeit, ich setzte die Kapuze nicht auf und gehe langsam durch die Straßen, die ich kenne, die mir plötzlich aber fremd und merkwürdig erscheinen, bis ich begreife, dass ich es bin, die anders ist, dass ich es bin, die über Nacht eine

Fremde geworden ist. Ich will rauchen, traue mich aber nicht, denn noch ist ja nichts entschieden, noch trage ich die Verantwortung. Mein Telefon klingelt in der Tasche, und ich sehe auf dem Display, dass es David ist.

»Marlene, ist alles in Ordnung, ich mache mir ein bisschen Sorgen um dich. Wo bist du? Du weißt, dass ich da bin, ja? Am Ende musst du entscheiden. Aber ruf mich an, wenn du mich brauchst.« Und als ich seine Stimme höre und den Zweifel darin, weiß ich, dass ich diese Entscheidung ohne ihn treffen muss, ganz allein.

Wir sprechen kurz, ich verabschiede mich eilig. Ich fahre nur kurz in meiner WG vorbei, um das Nötigste zu packen, dann nehme ich die U-Bahn zum Hauptbahnhof. Der letzte Zug geht um neun, ich renne und erwische ihn gerade noch. Als ich mich auf einen Sitz fallen lasse und keuchend die Augen schließe, spüre ich, dass das hier der Anfang vom Ende ist.

Sie holt mich vom Bahnhof ab und wartet am Gleis, ich sehe sie schon, als der Zug langsam einfährt, da steht sie, ganz klein, ganz schmächtig und hält nach mir Ausschau. Als sie durch die Scheibe einen kurzen Blick auf mich erhascht, winkt sie und lacht. Dann hält der kleine Regionalzug, und ich steige aus und umarme sie, meine Mutter, dieses kleine Wesen, das von Jahr zu Jahr schrumpft. Sie hält mich lange fest, als ahnte sie schon, was los ist, wie groß die Klemme ist, in der ich stecke, dabei habe ich ihr nicht gesagt, warum ich mitten in der Nacht bei ihr aufschlage, dabei weiß sie noch gar nicht, welches Päckchen ich trage, wie tief das Problem sitzt.

Sie sagt: »Schön, dass du da bist, Leni«, und lächelt wie

eine Mutter, die sich Sorgen macht und dann nimmt sie mir die Tasche ab und hakt mich unter. Eine Geste, die mir fremd ist, aber auch so selten, dass sie mir versöhnlich erscheint – nach all den Jahren muss ich nicht mehr stark und für sie da sein, sondern werde endlich einmal von ihr aufgefangen. Wir gehen den leeren Bahnsteig entlang und durch eine kleine Unterführung hindurch, in der es von der Decke tropft und nach Pisse und Tod riecht. Wir erreichen den Parkplatz, und sie wirft mein Gepäck auf den Rücksitz und hält mir die Tür auf, als sei ich ein prominenter, seltener Gast, als müsse sie mir gefallen und mir zu Diensten sein. Ich lasse mich auf den Sitz fallen und ziehe die Tür neben mir zu, und für einen Moment, für einen kurzen Moment bin ich alleine im Wagen und rieche meine Mutter, ihr Parfum, ihr Haarspray und den kalten Rauch, der in den Polstern hängt. Dann schwingt auch schon die Tür auf, und meine Mutter steigt ein und schnallt sich an. Doch sie fährt nicht los, sondern bleibt einfach sitzen und wartet. Anstatt etwas zu sagen, schaue ich stoisch aus dem Fenster, in die Dunkelheit hinein, die alles im Umkreis von zehn Metern verschluckt. Sie seufzt irgendwann und fragt: »Willst du mir jetzt sagen, was los ist, oder fahren wir erst einmal nach Hause und ich mache dir die Suppe von heute Mittag warm?«

Ich bitte sie loszufahren, und fünfzehn Minuten später halten wir vor dem Haus, das mir so vertraut ist, so schrecklich vertraut. Sie nimmt meine Tasche und geht voraus, schließt die Tür auf und lässt mich hinein. Ich trotte hinter ihr her, durch den Hausflur und ins Wohnzimmer, in dem sie das Licht hat brennen lassen, und dann lasse ich mich auf das Sofa fallen, das sie vor vielen Jahren neu angeschafft hat. »Weg mit den hässlichen Erinnerungen, oder?«, hat sie damals gesagt und dabei voller Ehrfurcht über den noch neuen Stoff gestrichen, und ich habe gedacht: So einfach ist das also, man wechselt das Mobiliar und schon hat man ein neues Leben.

»Ich mache dir schnell die Suppe warm, ja? Willst du was trinken? Tee vielleicht oder Wasser? Wein habe ich nicht. Du weißt ja.« Ich bitte sie um Tee. Eine Viertelstunde später stellt sie die Suppe vor mich auf den Beistelltisch und eine Kanne Tee auf ein Stövchen, in dem ein Teelicht brennt. Sie lässt mich essen und fragt nichts, sie schweigt einfach und wartet. Als ich fertig bin, steht sie nicht gleich auf, wie sonst immer, um alles wegzubringen und in die Spülmaschine zu räumen, sondern bleibt mit der Tasse Tee vor mir sitzen und schaut mich erwartungsvoll an.

»Was ist los, Marlene?«, fragt sie schließlich leise, fast vorsichtig, als hätte sie selber Angst vor dem, was ich zu sagen habe.

Ich schaue sie an und sage noch immer nichts. Ich betrachte meine Mutter, die so alt und so klein geworden ist. Eines Tages wird sie einfach verschwinden, sie wird so winzig sein, dass sie in eine Ritze fällt und man sie einfach nicht mehr findet.

Ich schaue sie an und will ihr alles erzählen. Will ihr sagen, dass ich nicht weiterweiß und ihre Hilfe brauche, dass ich mich nicht entscheiden kann und dass sie einmal, nur dieses eine Mal eine richtige Mutter sein muss, die mir erklärt, was ich machen soll und wie alles funktioniert und wie das Problem in meiner Gebärmutter zu behandeln ist. Ich will sie fragen, ob sie auch solche Angst hatte, als sie von mir erfuhr, ich will wissen, ob sie gezweifelt hat und wie mein Vater reagiert hat. Ich will ihr alles sagen und sie alles fragen, aber stattdessen schüttle ich nur den Kopf und sage leise: »Ich glaube, ich will mich von David trennen.«

»Oh«, sagt meine Mutter, sonst nichts, und ich hebe den Blick und schaue ihr ins Gesicht, und ich sehe, dass sie verwundert ist und ein bisschen überrascht, ein wenig irritiert, ein wenig überfordert. »Das kommt aber plötzlich«, sagt sie. »Was ist denn los?«

»Es läuft nicht so toll, glaube ich. Ich bin irgendwie nicht glücklich, Mama.«

Sie lächelt. »Du hattest schon immer so hohe Ansprüche. Nicht nur an dich selbst. Vielleicht musst du mehr Geduld haben? Mit dir, mit ihm, mit eurer Beziehung?«

»Aber sollte ich nicht glücklicher sein?«, frage ich sie. »Sollte ich ihn nicht anschauen und mir sicher sein, dass das der Mann ist, mit dem ich mein Leben verbringen will?«

Sie lacht. »Ach Marlene, ihr seid noch so jung. Ich meine, es muss sich natürlich richtig und gut anfühlen, aber ich würde mir da nicht so einen Druck machen. Oder hat er dich betrogen?«

Ich schüttle heftig den Kopf. »Nein, natürlich nicht!«

»Natürlich nicht«, wiederholt sie und schaut auf ihre Hände, in denen sie die Tasse Tee hält.

»Ich weiß auch nicht, Mama. Ich habe einfach nicht das Gefühl, dass das der Typ ist, mit dem ich Kinder kriegen will.«

Sie horcht auf und lächelt dann. »Marlene, so etwas weiß man doch niemals hundertprozentig, bevor es soweit ist.«

»Aber dachtest du nicht, als du Papa geheiratet hast, dass das der eine ist, mit dem du alt werden willst?«

Ich bemerke, dass sie sich verkrampft, ihr Lächeln wirkt gezwungen, ganz verzerrt.

»Doch. Muss ich jetzt wirklich erwähnen, wie sehr man sich da irren kann?«

Ich schüttle den Kopf.

»Außerdem waren das andere Zeiten damals. Es war irgendwie einfacher. Es gab nicht so viele Optionen, kein Internet und kein Facebook, nichts von all dem Unsinn. Und man hatte weniger Zweifel. Es war irgendwie anders. Viel klarer: Wenn man heiratet, dann kriegt man auch Kinder und bleibt zusammen.«

»Hat ja super geklappt.« Ich grinse und sie auch, zum Glück.

»Was ich sagen will: Ihr seid in einer anderen Zeit groß geworden und lebt in einer ganz anderen Welt als wir. Dein Papa war mein dritter Freund, und den habe ich geheiratet und dich bekommen, und das war's. So lief das eben ab. Gerade hier in der Kleinstadt waren die Möglichkeiten begrenzt. Das ist bei dir anders. Du studierst und wirst beruflich sehr erfolgreich sein. Und du hattest jetzt in so jungen Jahren schon mehr Partner als ich in meinem ganzen Leben, und ich freue mich für dich und für all die Dinge, die du ausprobieren kannst, aber wahrscheinlich führt das auch dazu, dass alles viel komplizierter ist.«

Ich nicke und würde gerne aufstehen und sie umarmen, weil sie das Problem versteht, ohne zu ahnen, wie groß es ist.

»Ich dachte immer, alles sei viel einfacher. Das haben sie doch so gesagt.«

»Wer hat das gesagt?«, fragt meine Mutter und steht auf,

um nun doch endlich mal das Geschirr in die Küche zu räumen. »Lass«, sagt sie, als ich aufstehe, um ihr zu helfen.

Als sie zurückkommt, setzt sie sich neben mich und legt ihren Kopf an meine Schulter. Ich rieche den vertrauten Mama-Geruch, und ich spüre ihre Wärme und ihre Nähe, und ich werde müde, unendlich müde. Ich gähne.

»Weißt du«, sagt sie irgendwann und hebt den Kopf, »ich glaube, du solltest dem David eine Chance geben. Probleme gibt es in jeder Beziehung. Aber man sollte nicht so schnell aufgeben. Du erst recht nicht. Du bist eine Kämpferin. Du machst das schon. Studiere erst mal zu Ende, fang an zu arbeiten und lass das Leben auf dich zukommen. Alles andere fügt sich dann schon. Du bist nicht wie ich. Du schaffst das schon. Du machst das.« Sie streichelt meine Hand, legt den Kopf zurück auf meine Schulter und schließt die Augen. So sitzen wir eine Weile da, still nebeneinander, Mutter und Tochter, zum ersten Mal seit langer Zeit.

Als ich erneut gähne und langsam aufstehen will, um ins Bett zu gehen, drückt sie plötzlich meine Hand und sagt: »Marlene, du hast es echt nicht so leicht gehabt. Gib dem David die Chance, für dich da zu sein. Das brauchst du. Jemanden, der sich auch mal um dich kümmert. Okay?« Ich sage »Okay« und wünsche ihr eine gute Nacht, dann nehme ich meine Tasche aus dem Flur mit in den ersten Stock, lege mich in mein altes Bett und schlafe ein, schlafe einfach ein.

27.

Ich bleibe fünf Tage bei meiner Mutter. Wir reden wenig, ich schlafe viel. Die Übelkeit ist kaum noch da, dafür aber die Gewissheit, die richtige Entscheidung zu treffen. Am sechsten Tag verlasse ich das Haus im Morgengrauen und laufe zum Bahnhof. Der erste Zug geht um kurz nach sechs. Nur wenige Menschen sitzen im Abteil, es riecht nach Kaffee und Mettbrötchen, und mir wird wieder schlecht. Vielleicht auch von der Tablette, die ich vor einer Stunde genommen habe. Ich versuche, mich auf die Landschaft vor dem Fenster zu konzentrieren. Da sausen sie vorbei, die Wiesen und Wälder meiner Kindheit, die Dorfdisco, weiße Heuballen, kleine Städte, Bauernhöfe inmitten von Feldern. Im Zug ist es sehr warm, ich schlafe ein und wache erst wieder auf, als er in den Hauptbahnhof einrollt. Ich krame in meiner Tasche nach dem kleinen Zettel, auf dem ich mir die Adresse notiert habe. Bis zur Praxis ist es nicht weit, nur ein paar Stationen mit der U-Bahn.

Zwanzig Minuten später drücke ich die Eingangstür zur Arztpraxis auf. Am Empfangstresen sitzt eine junge Frau. Sie winkt mich zu sich. »Ich bin Marlene Beckmann, ich war vor einer Woche schon einmal da und habe heute einen Folgetermin«, sage ich und schiebe meine Versicherungskarte über den Tresen. Sie schaut in ihren Computer und nickt. »Haben Sie die Unterlagen dabei? Ist alles unterschrieben? Haben Sie die Tablette genommen?« Ich bejahe, und sie bittet mich, im Wartezimmer Platz zu nehmen.

Der Raum ist leer. Ich setze mich und starre vor mich hin. Ich fühle nichts, bin nicht einmal nervös. Ich warte einfach, bis ich aufgerufen werde. Ein paar Minuten später erscheint die junge Sprechstundenhilfe und bittet mich, ihr zu folgen. Sie bringt mich in einen kleinen Raum, in dem ich auf die Ärztin warten soll. Sie wird mich noch einmal über Risiken und Komplikationen aufklären. Danach werde ich gebeten, in einem Nebenraum meine Sachen aus- und den OP-Kittel anzuziehen. Ich fühle nichts mehr, ich mache nur noch, was nötig ist: antworten, ausziehen, anziehen, warten, bis es klopft und eine Schwester mich in einen weiteren Raum bringt, in dem ein gynäkologischer Stuhl steht und ein kleines Tischchen, auf dem das OP-Besteck bereitliegt. Ich setze mich auf den Stuhl, und zwei OP-Schwestern erklären mir, dass sie mir nun einen Zugang legen. Ich spüre den Stich kaum. Die Ärztin, mit der ich gerade noch gesprochen habe, taucht in meinem Sichtfeld auf und schaut mich einen Moment an. »Sie weinen«, stellt sie fest und legt ihre Hand auf meine. »Das ist jetzt der Moment, in dem Sie noch zurückkönnen. Sind Sie sich sicher, Frau Beckmann?« Ich nicke und die Ärztin ebenfalls, sie gibt ein Zeichen, und ich sehe, wie das Narkosemittel langsam in meine Venen gedrückt wird. Ich weine, aber ich spüre nichts außer Erleichterung, fast schon Euphorie. Dann wird es endlich dunkel um mich herum.

28.

Das schlechte Gewissen am Tag danach ist immer auch eine Art Zusammenfassung der letzten Nacht. Manchmal sagt es, dass man ein dummes, nutzloses Stück Scheiße ist, das nichts auf die Reihe kriegt und sich schämen soll, schämen musst du dich, weil du wieder mal so schwach und lächerlich warst und so dumm, dem Affen in deinem Kopf Zucker zu geben. Manchmal sagt es auch, dass das jetzt das letzte Mal war.

Auf dem Display meines Telefons leuchtet eine Nachricht auf, David antwortet: *Voll gerne.* Damit meint er das Treffen, um das ich ihn gebeten habe, weil David mich eben sehr gut und Jakob ein bisschen kennt und weil ich hoffe, dass er mir Dinge sagt wie: *Es wird alles gut, du kriegst das hin, ich helfe dir, du musst nur das und das machen, alles easy.* So ist David. In seiner Gegenwart fühlt sich alles nur halb so schlimm an, also immer noch schlimm, aber wenigstens nicht katastrophal. Das Schlimmste haben wir ja eh schon hinter uns.

Wir treffen uns um acht in einem Park in der Nähe. Ich habe zwei Flaschen Wein dabei und David ein Gramm Koks. Das hält er mir entgegen, versteckt in seiner geballten Faust, als wir uns begrüßen. »Ich dachte, damit wird der Abend ein bisschen witziger«, sagt er und hat keine Ahnung, wie falsch er damit liegt. Es wird nie wieder irgendwas witzig oder gut, es wird alles nur noch schlimmer. Das süchtige Gehirn sieht das natürlich anders. In meinem Kopf gehen alle Lampen an, sobald mir jemand Pulver hinhält. Das ist so, als würde man jemandem auf Diät eine riesige, wunderschön verzierte Torte reichen und sagen: Iss bitte nichts davon.

Wir sitzen auf dem Steg im Park, während uns die warme Abendsonne ins Gesicht scheint, und trinken Wein aus der Flasche. Wir reden sehr schnell und sehr laut und sind beide der Überzeugung, dass das hier das beste, das tiefste, das schönste Gespräch ist, das wir je geführt haben, und außerdem sind wir natürlich auch am besten Ort der Welt, und sowieso und überhaupt ist das hier der schönste Moment unseres Lebens. Bis die Wirkung vom Kokain nachlässt.

»Du siehst irgendwie müde aus, wie geht's dir denn wirklich?«, fragt David, als er gerade seinen Schlüssel in das Päckchen Kokain steckt, um sich eine Prise davon unters Nasenloch zu halten.

»Geht so. Ich weiß nicht genau. Eigentlich war alles in Ordnung, aber dann ist irgendwas passiert und ich habe es ganz furchtbar verkackt.« Schlüssel, Tütchen, ziehen, erst rechts, dann links, umgucken, Weinflasche, den ekligen Geschmack runterspülen, weiterreden.

»Was genau hast du verkackt?«

»Einfach alles, David. Einfach alles.«

Wir schauen auf den kleinen See vor uns, und ich denke daran, wie oft ich hier mit Jakob saß und mit Freunden, in einem anderen Leben, in einer anderen Welt, die parallel zu dieser existiert haben muss. Im Wasser spiegelt sich der

Himmel, und ich wundere mich darüber, dass man manchmal erst auf den Boden schauen muss, um den Himmel richtig gut sehen zu können.

»Ich erzähle dir jetzt etwas, das du für dich behalten musst, ja? Du musst mir versprechen, dass du das niemandem auf der Welt sagst.« Er nickt. Ich greife nach seiner Hand, die kalt und schwitzig ist – genau wie meine.

»Ich habe irgendwie die Kontrolle verloren. Ich weiß nicht genau, wann und warum, vor ein paar Tagen muss das gewesen sein, als ich Jakob zum Flughafen gebracht habe und er ohne mich in den Urlaub geflogen ist, glaube ich.«

David kneift die Augen zusammen. »Was? Er ist ohne dich weg? Wieso?«

Ich will sagen: Weil ich es so wollte, aber das würde nicht stimmen, denn ich wollte das ganz und gar nicht, und trotzdem habe ich genickt und gelächelt, ihn getäuscht und überzeugt, alleine zu fliegen, war stolz und stark, *na klar, alles kein Problem, flieg du ohne mich und ich bleibe hier, es ist wichtig, dass du dir freinimmst, so ein Urlaub ist gut für die Seele, den darfst du dir nicht durch meine Arbeit und durch keinen Stefan dieser Welt versauen lassen.*

»Ich wäre nie ohne dich geflogen, ich verstehe so was nicht«, sagt David.

»Ich wollte, dass er ohne mich fliegt. Darum geht es nicht.« Doch das ist gelogen. Ich wollte nicht, dass er wegfliegt, ich wollte, dass er dableibt, aber aus sich heraus, nicht, weil ich ihn bitte.

Ich erinnere mich an den Nachmittag nach dem Gespräch mit Stefan und an die WhatsApp-Nachricht, die ich schrieb:

»Wir müssen dringend reden, heute Abend, bitte.« Und an das Gespräch danach:

Jakob Bremer (17:34 h)
Huch, was ist denn los? Alles okay?

Marlene Beckmann (17:34 h)
Ja, ich denke schon. Aber ich will das nicht via WhatsApp klären.

Jakob Bremer (17:35 h)
Das macht mir jetzt Angst.

Jakob Bremer (17:42 h)
Marlene? Sag mal bitte was. Worum geht es denn?

Verpasster Sprachanruf.

Verpasster Sprachanruf.

Marlene Beckmann (17:59 h)
Sorry, konnte gerade nicht rangehen. Es geht um den Urlaub.
:(

Jakob Bremer (18:00 h)
Was ist denn damit?

Marlene Beckmann (18:00 h)
Bitte lass uns nachher darüber reden. Bitte. Es ist nichts

Schlimmes. Mach dir keine Sorgen. Treffen um 20:00 h bei mir?

Jakob Bremer (18:03 h)
Ja, ok. Kuss!

Und ich erinnere mich, wie ich nach Hause ging, wie ich im Bus saß und würgte vor Angst, vor Wut, vor Trauer, vor Panik vor seiner Reaktion. Ich erinnere mich daran, wie ich aus dem Bus stieg und die Straße zu meinem Wohnhaus hinunterging, in Gedanken übend, was ich ihm sagen sollte. Ich ging die Szenarien durch, die gleich passieren konnten, alles wie ein absurdes Stück in meinem Kopf aufgeführt, Vorhang auf:

1. Akt

Auftritt Marlene Beckmann, *sieht* Jakob Bremer *vor ihrem Wohnhaus stehen. Sie geht mit einem gezwungenen Lächeln auf ihn zu.*

Marlene: Hey mein Schatz, alles gut?

Sie umarmen sich.

Jakob: Na klar. Also, außer, dass ich ein bisschen Angst habe, was gleich kommt. Ich habe zur Vorsicht mal eine Flasche Wodka dabei. Sag mir nur, bevor wir gleich hochgehen, ob die eher für mich, für dich oder für uns beide sein wird.

Marlene Beckmann *lacht nervös, umarmt* Jakob Bremer *erneut.*

Marlene: Die trinken wir zusammen.

Abgang Marlene Beckmann *und* Jakob Bremer.

2. Akt

Marlene Beckmann *und* Jakob Bremer *betreten* Marlenes *Wohnung. Sie besteht aus drei Zimmern und einem großen Flur. Sie ist minimalistisch eingerichtet, sehr ordentlich und sehr modern. Die beiden legen Jacken und Taschen im Flur ab.* Jakob *setzt sich in der Küche an den Tisch,* Marlene *nimmt zwei Schnapsgläser aus einem Oberschrank. Sie greift nach der Wodka-Flasche und füllt die beiden Gläser. Sie setzt sich und zündet sich und* Jakob *Zigaretten an, von denen sie ihm eine reicht.*

Jakob: Danke. Und jetzt sag mir, was los ist, sonst platze ich, und das wäre eine ziemliche Sauerei in deiner Küche.

Marlene: Also. Ich habe heute mit Stefan gesprochen. Wegen des Urlaubs.

Jakob: Ja, und?

Marlene: Und ich kann nicht mitfahren.

Vorhang, Pause, Publikumsabstimmung: Wie reagiert Jakob Bremer*?*

Version 1: Er ist verständnisvoll und sagt so etwas wie: »Dann fahre ich auch nicht!« Danach haben beide Sex und schlafen friedlich ein.

Version 2: Er ist nicht verständnisvoll und sagt: »Ich habe die Schnauze voll davon, dass die Arbeit immer über allem steht und ich nur zweite Wahl bin, nur so danebengeschoben. Wenn du nicht mitfährst, dann muss ich mir mal grundlegende Gedanken darüber machen, ob ich das hier noch will.«

Version 3: Er ist wütend auf Stefan und das Unternehmen und sagt: »Diese Hurensöhne, du musst da weg, Marlene, und ich fahre auf keinen Fall ohne dich!«

Version 4: Er ist wütend auf das Unternehmen und auf Stefan und auf Marlene, steht auf und geht. (Eventuell knallt er noch mit der Tür.)

3. Akt

Marlene *und* Jakob *sitzen in der Küche. Die Flasche Wodka steht nun auf dem Tisch zwischen ihnen. Sie ist deutlich leerer als zuvor.*

Marlene: Es tut mir schrecklich leid. Aber wenn ich den Job behalten möchte, dann muss ich den Urlaub verschieben.

Jakob: Das ist utopisch. Das war ein Angebot. Das kann man nicht verschieben. Entweder wir fliegen oder wir müssen es stornieren, wenn das geht. Ich weiß es auch nicht, Marlene. Ich weiß auch nicht, wie ich gut reagieren kann. Irgendwie habe ich Verständnis, aber irgendwie bin ich auch sehr wütend.

Marlene: Auf wen oder was bist du wütend?

Jakob: Ich glaube, auf alles. Wir brauchen diesen Urlaub, Mann. Ich brauche ihn.

Jakobs *Stimme bricht, er klingt sehr traurig.*

Marlene: Kann ich irgendwas tun, um das wiedergutzumachen?

Jakob *schweigt.*

4. Akt

Marlene *sitzt auf* Jakobs *Schoß. Sie weint, und er umarmt sie. Sie flüstert ihm etwas ins Ohr. Er nickt.*

Jakob: Bist du dir sicher? Ganz sicher?

Marlene: Ja. Es ist richtig. Wir müssen ja nicht beide unter dem Job leiden.

5. Akt

Ein paar Monate sind vergangen. Marlene *sitzt alleine in ihrer Wohnung und tippt eine E-Mail. Sie liest sie sich selber laut vor.*

Marlene: Wollen wir es nicht wenigstens noch mal versuchen? Wollen wir nicht wenigstens reden? Ich meine, das war ein beschissener Urlaubsflirt. Das muss doch nicht alles, was wir aufgebaut haben, vernichten. Oder?

Ende

Und während ich mir all das vorstellte, während ich auf Jakob zulief, ihn umarmte, erst die Haustür aufschloss und dann die Wohnungstür, während wir gemeinsam reingingen und uns auf das Sofa setzten, ich uns einen Wein eingoss und Jakob immer ungeduldiger wurde, dachte ich immer nur: Ich darf ihn nicht verlieren. Ich darf ihn nicht verlieren. Ich darf ihn nicht verlieren.

David lacht. »Interessant, dass du dachtest, dass ein Urlaubsflirt eure Beziehung zerstört. Und nicht die Tatsache, dass du ein kranker Workaholic bist, der mit Arbeit all das kompensiert, was er nicht fühlen will.«

Bumm. Das ist David. Immer mitten in die Fresse rein.

»Was soll das heißen? Ich kompensiere gar nichts. Ich bin eben ehrgeizig. Oder soll ich wie die anderen werden, die nur auf irgendeinen Typen warten und Kinder kriegen und dick werden und zu Hause bleiben, weil sie das ja so wollen, dabei wollen sie gar nichts, außer in Ruhe alt und fett werden und einen, der das Ganze bezahlt.«

»Wow, interessante Auslegung von Familienglück«, sagt David grinsend und öffnet die zweite Flasche Wein.

Ich schnaube verächtlich, dann nehme ich das Tütchen und den Schlüssel und lege nach – jetzt ist es sowieso egal. Ich lehne mich an David, lasse meinen Kopf auf seinen Oberschenkel fallen und seufze. Schlafen. Schlafen wäre jetzt toll.

»Was ist bloß mit dir passiert, Marlene?«, fragt David und streichelt meinen Kopf, krault mich, wartet ab.

»Ich habe ihn zum Flughafen gebracht, und dann ist alles auseinandergebrochen«, sage ich und dann schließe ich die Augen und erinnere mich. An den Wecker, der viel zu früh geklingelt hat. An Jakobs warmen Körper neben meinem und dann an seine Stimme, ein paar Minuten später, die mich aus dem Schlaf gerissen hat, in den ich wieder gefallen bin. »Hase, wach auf, wir müssen aufstehen.«

Wir standen in seinem Flur und umarmten uns, und ich weinte, und er sagte, es seien doch nur zwei Wochen, und ich sagte, dass es darum doch gar nicht ginge, ich sei nur müde und würde vor Erschöpfung weinen.

Jakob aß ein Toast mit Honig und Butter, daran erinnere ich mich, weil ich diejenige war, die es ihm schmierte, und sagte: »Du musst vor dem Flug was essen.« Wir zogen uns an und verließen die Wohnung, hievten seinen riesigen Koffer in sein kleines Auto und fuhren zum Flughafen. Die Stadt wachte gerade erst auf, es war vielleicht sechs Uhr. Wir brauchten eine halbe Stunde und einen Ministreit, bis wir endlich in einer Parklücke zum Stehen kamen. Jakob zog seinen Koffer aus dem Auto, öffnete meine Tür und sagte: »Können wir?« Und ich, ich blieb einfach sitzen.

Nein, können wir nicht.

Ich kann nicht.

Ich kann nicht mehr.

Ich kann dich nicht zum Gate bringen und winken und zusehen, wie du wegfliegst. Ich kann nicht alleine hierbleiben und einfach weitermachen, weiter durchhalten. Ich kann nicht ohne dich sein, hörst du, nicht jetzt, nicht hier, nicht am Flughafen und auch nicht in meiner Wohnung, nirgendwo. Ich muss wissen, dass du da bist, weil ich sonst einfach auseinanderfalle. Ich kann dir nicht erklären, was mit mir los ist, aber ohne dich wird es ganz bestimmt nicht besser. Wer ist also auf die scheiß Idee gekommen, dass es gut für mich oder dich ist, wenn du ohne mich wegfliegst, in den einzigen verdammten Urlaub, den ich seit Jahren geplant habe? Wann sind wir so weit auseinandergedriftet, dass ich dir das alles nicht sagen kann, wann ist das passiert, wie sind wir bloß hierhergekommen, Jakob? Ist das noch Liebe oder einfach nur Gewohnheit, bloßes Aushalten, um nicht aufzugeben? Warum erzähle ich dir nicht mehr alles? Warum steige ich nicht doch einfach mit in den Flieger, schreibe eine Mail mit dem Betreff »Fickt euch alle«, und das war's dann? Wieso kann ich nicht einfach das Richtige tun? Wieso kannst du nicht einfach hierbleiben? Können wir nicht einfach zurück zu dem Punkt, an dem wir falsch abgebogen sind, zurück zu uns, zu dem Wir, das es mal gab, zurück zu Jakob und Marlene, zurück zu dem guten, warmen, sicheren Gefühl? Können wir das nicht einfach machen?

»Ja, wir können«, sage ich und stehe auf, schlage die Tür zu und greife nach Jakobs Hand, während wir zusammen zum Check-in laufen.

»Das hast du lange nicht gemacht«, sagt Jakob und lächelt.

29.

Ich stehe in der Halle. Das Boarding ist geschlossen, die Passagiere, die Stewardessen, das Flugzeug, alle sind in der Luft, einfach weg, nur ich stehe hier, starre durch die Glasfront auf den leeren Platz, auf dem vor wenigen Minuten noch das Flugzeug stand, das Jakob gerade nach Teneriffa bringt und mich nicht, mich nicht, mich nicht.

Jemand fragt: »Kann ich Ihnen helfen? Suchen Sie etwas?« Ein Flughafenmitarbeiter schaut mich freundlich an. Ich schüttle den Kopf.

Und dann gehe ich ein paar Schritte, drehe mich um und will zurücklaufen. Vielleicht kann er mir ja doch helfen, wenn ich nur die richtige Frage stelle.

Ich drehe mich um und rufe: »Entschuldigung, können Sie mir vielleicht doch helfen?«

Der Mann dreht sich ebenfalls um, geht ein paar Schritte auf mich zu und sagt: »Ja, natürlich, was suchen Sie denn?«

»Die … also … Toilette. Können Sie mir sagen, wo die Toilette ist?«

Er lacht und berührt mich mit der einen Hand an der Schulter, dreht mich sanft, zeigt mit der anderen auf eine Tür hinter uns und sagt: »Da ist sie doch, direkt hinter Ihnen.« Dann lässt er mich los und wünscht mir einen schönen Tag.

Alle Kabinen sind leer. Ich nehme die letzte und knalle die Tür hinter mir zu, setze mich auf den heruntergeklappten Toilettensitz und weine. Laut und heftig und hemmungslos, aber wen interessiert das schon, soll doch die ganze Welt hören, wie ich heule und würge und wie ich schluchze und durchdrehe. Sollen das doch alle mitkriegen, mir egal, mir so was von egal. Aber niemand hört mich, niemand kommt herein, niemand klopft und niemand fragt. Ich bin alleine hier drin, ganz alleine, an einem Sonntagmorgen.

Irgendwann kriege ich wieder Luft und beruhige mich langsam. Das hier ist einfach nur ein kleiner Nervenzusammenbruch, nicht weiter schlimm, sage ich mir, davon habe ich schon tausende gehabt, und ich habe es immer irgendwie dann doch geschafft. Ich habe meine Mutter gerettet und ich rette mich, so war es immer und so wird es immer sein. Ich tupfe mir das nasse Gesicht mit Toilettenpapier ab und atme ein und atme aus, so wie ich das beim Yoga gelernt habe: einatmen, doppelt so lange Luft anhalten, doppelt so lange ausatmen. Das beruhigt das Nervensystem. Dann nehme ich mein Handy aus der Tasche und mein Portemonnaie und lege mir mit zittrigen Händen eine winzig kleine Line Speed. Ich ziehe die Line, lehne mich an die Toilettentür und warte ab. Gleich ist es besser. Gleich werde ich mich wieder gut fühlen. Gleich. Bald. Jetzt. Jetzt. Endlich. Jetzt.

30.

Die zweite Weinflasche ist leer. Mein Kopf liegt noch immer in Davids Schoß. Es ist dunkel geworden, und um uns herum ist Nacht, vor uns ruht der kleine See, ein großes schwarzes Loch. David spielt mit meinem Haar und fährt mit seinem Finger die Konturen meiner Lippen nach, während ich erzähle. Und ich erzähle alles.

David streichelt mich und brummt zwischendurch, so wie er es immer getan hat, wenn er gespürt hat, dass ich einfach nur erzählen will und jemanden zum Zuhören brauche.

»Der Wein ist leer«, sagt er irgendwann. Ich richte mich auf. Wir sehen uns an. »Willst du mit zu mir? Ich habe Wodka da.« Ich nicke.

David wohnt nur ein paar Querstraßen entfernt, wir gehen durch die laue Sommernacht, und ein bisschen fühle ich mich wie die Marlene von damals, die vor zehn Jahren stolz an Davids Seite durch die Straßen ging, an der Seite dieses schönen, komplizierten, bösen, schlimmen Mannes, den ich so liebe und geliebt habe, dass ich alles ertrage, dass ich alles aushalte und alles mitmache und seine Spielchen mitspiele, seinen Monologen zuhöre über die freie Liebe und Polygamie und darüber, dass Treue nur ein Konstrukt ist, das sich ein paar Idioten vor mindestens achthunderttausend Millionen Jahren ausgedacht haben, um Menschen wie ihn zu geißeln, zu quälen und irgendwas noch, das fällt mir gerade nicht mehr ein. Mir ist sowieso alles egal, solange ich nur neben ihm laufen kann, neben dem schönen David, den alle Frauen wollen und der alle Frauen will, und mich, mich will er auch, was für ein Glück ich doch hatte, was für eine Liebe das doch war, so gefährlich und dumm und verrückt.

Und zehn Jahre später ist es noch immer die gleiche große Liebe, denke ich, *die gleiche Scheiße, das gleiche Rauschen im Kopf.* Vielleicht ist das auch der Wein oder das Kokain, wen kümmert das schon, ich greife nach seiner Hand, und er schließt seine Finger um meine, und wir gehen und schweigen, und unsere Fingerspitzen reden miteinander. Und dann sind wir in seiner Wohnung, und er knipst nur die kleinste Lampe an und macht sich nicht einmal die Mühe, uns Drinks zu holen, nimmt nur die Wodkaflasche aus dem Tiefkühlfach, greift meine Hand und sagt: »Lass uns schlafen gehen.«

Wir setzen uns auf sein Bett und trinken abwechselnd aus der Flasche, dabei rauchen wir und schweigen, und David legt zwei neue Lines für uns. Als wir sie gezogen haben, wischt er mit dem Zeigefinger das restliche Pulver von seinem Telefon-Display, lächelt und hält mir den Finger hin. Ich beuge mich vor und lecke das Pulver von seiner Fingerspitze. Sein Finger fährt über meine Lippen, und er beugt sich vor, nimmt mir die Flasche aus der Hand, stellt sie auf den Boden und umfasst dann mit beiden Händen mein Gesicht.

»So schön wie immer«, sagt er, und ich weiß nicht, ob er

das Kokain oder den Alkohol oder mich oder alles zusammen meint. Ich starre ihn an und er mich, dann beugt er sich vor und küsst mich. *Das hier ist eine ganz, ganz, ganz schlechte Idee,* denke ich, doch dann drückt David mich aufs Bett und legt sich auf mich, küsst meinen Hals, meine Stirn, meinen Mund, seine Finger sind unter meinem T-Shirt, dann zwischen meinen Beinen, sein Finger mit einem Mal in mir. Wir stöhnen beide, ich spüre jeden Muskel, seine Arme, seine Beine, seinen Bauch, seinen Schwanz, seine Lippen auf meinen, seine Lippen an meinen Brüsten, seine Zunge, die meine Brustwarzen leckt, die Bartstoppeln, die kratzen und kitzeln. Ich umfasse seinen Kopf, ziehe ihn vorsichtig zu meinem, dabei lasse ich die Augen geschlossen, denn ich will nicht sehen, wer das hier ist und wer ich gerade wieder bin. David küsst mich, wie er es immer getan hat, hart und gierig und fordernd. Wie damals, als er mich fand, als er mich zu sich holte und sich um mich kümmerte, um die zerstörte, traurige, erschöpfte Marlene, die gerade in die große Stadt gezogen war, die nur eine alkoholkranke Mutter und keinen Vater hatte, das arme Ding. Bei David durfte ich endlich sein, wie ich war, er wollte keine heile Marlene, er wollte die Wunden und das Blut, und er wollte mich, er wollte mich so sehr. Bis er genug von dem Schmerz hatte, den wir zusammen angerichtet hatten. Und so ließ er mich irgendwann liegen, er ging einfach, als er es nicht mehr aushielt, und kam Jahre nicht wieder, meldete sich nicht, schrieb nicht zurück, reagierte auf keinen Anruf, auf keine E-Mail. Eines Tages tauchte er plötzlich wieder auf, an einem Tag im August, als Jakob schon da war und Marlene wieder zusammengeklebt hatte. Er entschuldigte sich nicht, zumindest nicht wirklich. Es sei doch auch besser für mich gewesen, sagte er, das sei doch keine gesunde Beziehung mehr gewesen *danach*, das wisse ich doch auch und überhaupt sei es mir doch sehr gut ergangen und einen neuen Freund hätte ich ja auch, wie schön, herzlichen Glückwunsch. Seitdem hatten wir lose Kontakt gehalten, Jakob mochte David nicht und hat mich gebeten, Abstand zu halten. Von diesem Leben und dieser alten Marlene. »Er tut dir nicht gut, auch nicht, wenn er nur ein Kumpel ist«, hatte Jakob immer wieder gesagt, und ich hatte genickt, natürlich hatte er recht, natürlich tat mir einer wie David nicht gut, einer wie er konnte eine starke, erfolgreiche Marlene nur runterziehen, oder?

Und nun liegen wir hier, David und ich, sein Schwanz in mir, seine Hände auf mir, seine Lippen, seine Haare, mein Stöhnen, alles wie immer, alles genau so, wie es immer schon war. Ich fühle gar nichts, und ich fühle alles, ich schreie in seinen Nacken, als ich komme, und er umklammert meinen Hals, als er kommt, und dann lässt er sich auf mich fallen und atmet schnell und leise, und ich halte die Luft an und kneife die Augen zusammen, denn wenn ich sie öffne, wenn ich jetzt die Augen aufmache, sehe ich, was ich angerichtet habe.

31.

David atmet leise. Ich liege neben ihm und kann nicht schlafen. Ich habe es versucht, aber es geht einfach nicht. Das Herz rast, und der Kreislauf schwankt, die Gedanken sind zu laut, und die Angst ist zu groß, die Angst vor dem Danach, vor diesem Leben, das ich gerade endgültig gegen die Wand gefahren habe. Mit David zu schlafen war so ziemlich das Dümmste, was ich hätte tun können. Ein bisschen erleichternd ist es auch: Was soll jetzt noch passieren? Wie viel schlimmer kann es noch werden?

Ich versuche, ganz ruhig liegen zu bleiben, um die Übelkeit und die Angst und die Kopfschmerzen in Schach zu halten. Ich muss wie bei einer Wasserwaage darauf achten, dass der Kopf ganz gerade liegt, damit die Luftblase in der Mitte bleibt, keinen Zentimeter darf ich mich rühren, sonst muss ich mich übergeben oder mein Kopf platzt einfach und saut Davids Bett voll und er muss dann mein Gehirn wegwischen.

Irgendwann öffne ich die Augen doch. Es ist schon hell im Zimmer, ich sehe, dass noch immer die gleichen Vorhänge das Tageslicht draußen halten. Dahinter ist noch immer der gleiche Himmel wie vor all diesen Jahren. Und bestimmt auch das Efeu, das geschnitten wurde, vor ein paar Jahren, als es drohte, das ganze Haus zu verschlingen. Neben mir schläft David mit dem Rücken zu mir, und ich spüre die Wärme seines Körpers, und ich denke, dass das alles hier so ein Unsinn ist, so ein Fehler, so ein Quatsch. Wir sind nicht mehr wir, wir sind nicht mehr Marlene und David. Wir sind eigentlich zwei Fremde, die sich in unregelmäßigen Abständen sehen und die vor allem die Erinnerung aneinander verbindet, aber nicht mehr das Jetzt, nicht mehr das Hier.

Ich versuche, ruhig zu atmen, damit sich mein Herz und mein Kopf beruhigen. Ich will aufstehen, ich will hier weg, ich will nach Hause und in mein Bett. Nach einer unendlichen Weile kann ich mich aufrichten, ohne dass die Übelkeit und der Kopfschmerz mich gleich wieder zurück auf die Matratze drücken. Ich sitze neben David und warte einfach ab. Dann renne ich doch zur Toilette, um mich zu übergeben. Ich würge und würge, während der Schwindel mich auf die Fliesen wirft und ich immer wieder für Sekunden keine Luft bekomme.

Vielleicht wird es Zeit für einen Anruf vom Gehirn beim Herzen. Ich lasse es klingeln, während ich auf dem Badezimmerboden liege und auf die nächste Welle Übelkeit warte.

»Guten Tag, hier ist dein Gehirn, könnte ich mal kurz das Herz sprechen?«

Ich liege auf dem Boden, weil das so schön theatralisch ist, das gefällt dem Herzen, ein bisschen Wein, ein bisschen weinen und rumliegen auf Böden, bis es lächerlich wird.

Es klingelt. Das Gehirn ist dran, das weiß das Herz schon, deshalb hat es das Gehirn nicht in die Favoriten-Liste gesetzt, soll doch die Mailbox rangehen und sich das Geheule anhören. Aber das Gehirn ist hartnäckig und gibt nicht so schnell auf, dann wird eben noch mal angerufen und noch mal, bis da einer rangeht, ein paar Stockwerke tiefer, es hört ja das Schlagen, das Rasen, also ist da auch einer zu Hause.

»Hallo Herz, schön, mal wieder mit dir zu sprechen.«

»Ja, finde ich auch.«

»Ich merk doch, dass du lügst.«

»Na und?«

Das geht noch eine Weile so, die beiden streiten sich sehr gern, das Herz brüllt und das Gehirn tadelt, alles wie immer.

»Gut, kommen wir zum Anliegen meines Anrufs.«

»Lass mich raten: Ich soll mal ruhiger machen, mich nicht so idiotisch benehmen, nicht immer so viel wollen und so wenig kriegen, ich soll mal erwachsen werden und mich nicht so anstellen, außerdem soll ich mit dem Gejammer aufhören?«

»So würde ich das jetzt nicht ausdrücken, aber zusammengefasst denke ich schon, dass du mal wieder …«

»… mehr ausgehen und mehr Spaß haben solltest, jemanden ranlassen, wie du das nicht ausdrücken würdest, aber meinst. Ich soll quasi alle Türen aufmachen und alle Fenster dazu. Get the party started, ja?«

Der Boden ist ein bisschen unbequem, ich würde gerne aufstehen und einfach rausgehen, aber das Gehirn ist noch nicht fertig, es war jetzt lange genug in der Warteschleife, jetzt wird hier ausgepackt und alles gesagt.

»Ich meine vor allem, dass du mal klarkommen solltest. Weniger Zweifel, mehr Spaß. Das ist ein altes chinesisches Sprichwort.«

»Verarscht du mich gerade wieder?«

»Nur ein bisschen.«

»Na ja, sagen wir mal so: Ist ja nicht gerade so, dass es bisher viel gebracht hat, auf dich zu hören. Immer erzählst du diesen ganzen Kram von wegen mehr Sport und mehr gesunde Sachen lieben und sowieso mehr lieben und weniger Angst und aber nicht den Falschen lieben, das ist nämlich nicht gesund, das macht mich krank, ich weiß, ich weiß, immer ist irgendwas.«

»Vielleicht solltest du einfach ein bisschen besser schauen, was du magst und wem du dich öffnest, und außerdem natürlich wesentlich häufiger auf mich hören.«

Das Herz verkrampft sich, es kennt den Text schon, bla bla bla, denkt es, und »halt doch die Fresse, du anstrengendes scheiß Gehirn« und dann nickt es trotzdem freundlich in den Hörer, damit das Gehirn sich freut und sagt: Schön, dass wir uns verstehen.

»Fangen wir doch damit an, dass du ein bisschen Stacheldraht um dich selber bindest und aufpasst, was reinkommt. Vielleicht brauchst du auch eine kleine Armee, ein paar Soldaten mit Panzern und Gewehren und eine Alarmanlage auch, einen tiefen Graben um dich rum, ein bisschen mehr Schutz, weißt du, dann bist du vielleicht nicht mehr immer so unglaublich dumm.«

Ich liege auf dem Boden und höre den beiden zu, mein Rücken tut weh vom harten Boden und mein Kopf tut weh vom Kämpfen und mein Herz tut weh vom Scheitern und vom Streiten, und dann höre ich das Herz sagen: »Hallo, hallo? Gehirn? Ich verstehe dich so schlecht, die Verbindung ist ganz, ganz mies, sorry, krrr, brrr, krrr, ich lege mal auf, krrr, ciao!«

Und der Kopf wundert sich über gar nichts mehr, er hat

schon alles gesehen, leider wünscht er sich einfach zu sehr, dass es dem Herzen niemals so geht.

Irgendwann wird es besser und ich ruhiger, irgendwann kann ich mich wieder bewegen, und ich wasche mir den Mund aus und putze mir mit den Fingern die Zähne, und dann schleiche ich mich aus Davids Wohnung und in den viel zu hellen Tag hinaus.

32.

Davids Wohnung liegt in der Nähe der S-Bahn-Station, von der aus man direkt zum Flughafen fahren kann. Und genau das mache ich, jetzt sofort, gleich hier. Ich habe keinen wirklichen Plan, als ich die Stufen zum S-Bahnsteig hinuntergehe, aber ich bin ganz beflügelt von meiner Schnapsidee, fast schon euphorisch. *Wann, wenn nicht jetzt?*, denke ich, ohne so richtig zu wissen, was ich vorhabe, warum ich in die Bahn zum Flughafen steige, warum ich sitzen bleibe und erst aussteige, als der Zug am Flughafen hält. Hier war ich doch schon vor ein paar Tagen, hier habe ich doch Jakob verabschiedet und meinen Verstand für einen Moment auch, hier bin ich doch hysterisch geworden und schließlich geflohen.

Aber als ich wieder in der großen Halle stehe und auf die Anzeigetafeln starre, weiß ich, was Marlene Beckmann hier will: Sie will weg, und zwar so weit es eben geht, sie will zu Jakob und zurück zu dem Leben, das so gut funktioniert hat und nicht lichterloh in Flammen steht. Ich spiele ein kleines Spiel mit mir selbst: Wenn in den nächsten zwei Stunden ein Flug nach Teneriffa geht, nehme ich ihn. Wenn nicht, gehe ich nach Hause und verhalte mich wie jemand, der Geburtstag hat: Ich schlafe meinen Kater aus und dann mache ich allen, die klingeln und vorbeikommen, die Tür auf. Das ist der Deal, Handschlag mit mir selbst. Ich suche nach dem Flug und tatsächlich: Es gibt einen um kurz nach elf.

Ich suche den Schalter der Airline und stelle mich in die lange Schlange davor, die nur langsam vorrückt. Alles dauert ewig, ich lasse meine Tasche auf den Boden fallen und mich darauf – dann eben warten. Ich würde mich gerne hinlegen, gleich hier auf den Boden, und mich von meinem Hintermann vorwärtsschieben lassen, sobald sich die Schlange bewegt.

Aus meiner überdrehten Euphorie wird langsam Nüchternheit. Ich weiß nicht, ob es richtig ist und mich retten kann, ich weiß nicht, wie Jakob reagieren würde, wenn ich plötzlich vor ihm stünde. Mir wird klar, dass ich nicht mal Kosmetik dabeihabe oder Wäsche zum Wechseln, ich stinke nach Sex mit David und nach schlechtem Gewissen. Wie soll ich Jakob erklären, warum ich da bin? »Überraschung, Baby, ich dachte, du freust dich!« ist ja keine Antwort auf die Frage, die er mir stellen wird.

Aber ich bin müde und kann mich nicht aufraffen. Also bleibe ich sitzen und denke an die Firma und an den neuen Slogan, den Maya und ich entworfen haben: »Wir sind wir«. Als wir ihn vorgestellt haben, waren alle so begeistert von der Präsentation und Stefan freute sich besonders, denn er fand natürlich auch einen Moment, in dem er sich selbst auf die Schulter klopfen konnte: Das mit der flexiblen Arbeit, das war ja eigentlich irgendwie auch seine Idee gewesen.

Im vergangenen Monat hatten wir jeweils zwei Tage die Woche in einem Co-Working-Space verbracht, um »den Team-

Zusammenhalt« zu stärken, wie Stefan das genannt hatte. Obwohl wir kommen und gehen durften, wann wir wollten (»Alles superentspannt hier, Leute!«), sind wir natürlich jeden Morgen um neun zum »Meet-up« erschienen, freiwillig, ganz ohne Zwang. Denn wer nicht dabei war, hatte keine Ahnung von den Zielvorgaben für den Tag, die Stefan zwar an einen Flipchart schrieb, die man aber nur verstand, wenn man seinem allmorgendlichen Monolog zugehört hatte. Wir waren ein Team aus fünf Menschen: Stefan, Maya und ich, ein Kollege aus dem Vertrieb und eine Praktikantin aus dem zweiten Stock, die uns »Input« geben sollte. Dieser »Input« basierte nicht auf besonderen Qualifikationen oder Erfahrungen – die Praktikantin war einfach sehr jung und repräsentierte die neue Zielgruppe, die unsere Kampagne, die wir hier in den Wochen entwickeln sollten, erreichen musste.

Es ging darum, ein neues Sortiment unter die Leute zu bringen. Die Blogger-Kooperationen liefen träge, und unsere neue Facebook-Seite wuchs trotz aggressivem Marketing nur langsam. Also wurden wir in den Co-Working-Space ausgelagert, damit wir »jungen, crazy people« gemeinsam überlegen konnten, wie man Leute wie uns erreicht. Alles ganz easy und ganz cool, der Vorstand hatte zum Start noch eine Mail geschickt, in der etwas mit »neuen Wegen«, »kreativem Potential« und »Social Media« gestanden hatte, und wir hatten unendliche Freude geheuchelt: *Danke, dass wir das machen durften, superlieb, supercool.*

Im Co-Working-Space hatte ich zusammen mit Maya an einem Schreibtisch gesessen, der viel größer war als der im Schlauch. Dafür gab es keine Kantine und keinen kostenlosen Kaffee und lauter fremde Menschen um uns herum, die für eine andere Firma arbeiteten und schweigend auf ihre MacBooks starrten.

Zum Mittagessen gingen wir nie alle zusammen raus, denn Stefan hatte immer »Lunchtermine«, zu denen er in letzter Sekunde eilte. Maya und ich begleiteten die Praktikantin in billige Imbisse, denn natürlich bekam sie für ihre Arbeit so gut wie kein Geld.

Der Mann aus dem Vertrieb war nur Statist. Er sagte, was unsere Ideen kosten und was sich seine Abteilung von uns wünschte, und dann arbeitete er stundenlang schweigend vor sich hin, und nach dem dritten »Meet-up« ward er nicht mehr gesehen. Uns war das egal, denn wir verstanden ohnehin schon nach dem zweiten Tag im Co-Working-Space nicht mehr, was wir hier überhaupt machen sollten und wieso wir durch die halbe Stadt fuhren, um die Arbeit zu erledigen, die wir sonst auch machten. Aber natürlich sagte keine von uns was, weil wir wie immer lobten und lächelten und keine Spielverderber sein wollten.

Maya und ich wussten noch immer nicht, wen von uns beiden sie übernehmen würden, und obwohl wir versuchten, keine Konkurrentinnen zu sein, stritten wir in letzter Zeit immer häufiger. Was wir wussten, war nur, dass wir vier Wochen Zeit hatten, um eine digitale Strategie für den Slogan, auf den wir uns geeinigt hatten, auszuarbeiten. Vier Wochen, um noch einmal glänzen zu können. Und genau das taten wir: Am Ende buchten wir einen der größten Konferenzräume in der Firma und stellten unsere Strategie vor. Stefan hielt unsere Präsentation, und wir durften sogar danebenstehen und am Ende Fragen beantworten.

Stefan stellte unser neues Hashtag vor (#wirsindwir) und sprach über Zielgruppenanalysen, Blogger- und Influencer-Marketing, über Twitter und Facebook und Snapchat und über alles, was wir vorhatten. Wahrscheinlich verstand kaum jemand, wovon er da sprach, aber alle applaudierten begeistert und klopften uns auf die Schulter, weil es natürlich ganz toll war, dass es uns gab und den »frischen Wind«, den wir ins Unternehmen brachten. Stefan nahm uns nach der Präsentation beiseite und sagte das Gleiche, man müsse jetzt sehen, was davon wirklich umsetzbar sei, aber erst mal alles ganz, ganz toll, Flaggschiff, neue Zeiten, Neuland, Digital Natives und so, dann verkündete er noch, dass man die Praktikantin auf 400-Euro-Basis einstellen wolle, super Chance, toll gemacht, bis dann Leute!

Ich hatte diesen Job so sehr gewollt, dass ich alles dafür aufgegeben hatte: Beziehungen, Freunde, ein Kind, mich. Ich hatte immer gedacht, dass es genau das ist, was richtig ist, was mich am Ende glücklich macht, deshalb hatte ich dafür gekämpft und gelitten und gelernt und gearbeitet und mich gequält, um genau hier zu landen, genau an diesem Ort, an diesem Platz, das war doch meiner, mein Platz in dieser Welt.

Die Schlange vor mir wird kürzer, bald bin ich dran. Vielleicht kann ich dann retten, was zu retten ist, und wiedergutmachen, was ich angerichtet habe. Denn jetzt weiß ich, dass ich mich verschätzt habe. Dass ich all das nicht brauche, all die Facebook-Freunde und Twitter-Follower, all die Likes und Favs und Sternchen und Retweets, all die Gin Tonics und Nächte auf Speed. Ich habe mich vertan und geirrt, und ich bin alleine, nein, ich bin einsam und verwirrt. Ich sitze hier und warte darauf, einem Freund hinterherfliegen zu können, der vielleicht schon gar nicht mehr mein Freund ist.

Ich rufe sein Facebook-Profil in meinem iPhone auf und scrolle mich durch seine Selfies am Strand, scrolle immer weiter nach unten, durch die Videos und Lieder und Links, durch alles, was er gepostet hat. Sein halbes Leben zieht auf meinem Display vorbei, da bin ich, mit ihm zusammen, denn wir sind in einer Beziehung und liken uns natürlich sehr, und das soll jeder sehen. Ich klicke auf mein Profil und sehe mir mich selber an, ich fühle nichts, während ich durch Postings und Bilder scrolle, dabei bin das doch ich, das ist doch alles meins, ein so schönes Leben, so viele Freunde, so viel Spaß. Ich öffne den Messenger und lese die Nachrichten zwischen mir und Jakob und weine ein bisschen, das sind doch alles wir, uns gibt es doch noch irgendwo da draußen.

Mein Telefon vibriert, und eine Notification erscheint am oberen Rand, ich klicke automatisch darauf und lande in meinem Mail-Posteingang. Ich hebe kurz den Blick, als die Schlange sich ein wenig bewegt – noch zwei Personen vor mir, dann bin ich endlich dran –, und schaue dann wieder auf mein Telefon. Die Mail ist von Stefan, Betreff: Wichtige Infos für dich!

Stefan entschuldigt sich dafür, dass es so lange gedauert hat, man habe Gespräche geführt und es sich nicht leicht gemacht, und dann scrolle ich runter und lese meinen Namen und dass es ihm – noch mal! – sehr leidtue, aber man habe sich für Maya entschieden und das wolle er mir lieber persönlich mitteilen, bevor ich es von jemand anderem erführe, aber nun solle ich natürlich erst mal gesund werden und alles Liebe und melde dich, wir sprechen noch mal in Ruhe, das ist wirklich keine leichte Entscheidung gewesen, außerdem natürlich nur eine für Maya und keine gegen mich.

Ich stehe auf und nehme meine Tasche vom Boden. Dann gehe ich zum Ausgang und zum Taxistand, und dann setze ich mich in das erste in der Reihe und bitte den Fahrer, mich nach Hause zu fahren. Er dreht sich zu mir um und fragt, wie er fahren soll, ich sage, dass es mir egal sei, und schließe die Augen. »Urlaub oder Dienstreise?«, fragt er und startet den Wagen, und ich sage: »Geschäftlich unterwegs gewesen«, und dann nichts mehr.

33.

Als Ronny aufsteht, sehe ich mich für einen Moment alleine im Spiegel. Ich sehe das blasse, dünne Mädchen und dass es sich gar nicht verändert hat. Genau das ist das Problem: Das Mädchen liegt nicht halbtot mit einer Nadel im Arm auf der Toilette eines Bahnhofs. Man sieht nicht, wie das Mädchen ertrinkt, ganz im Gegenteil. Es reitet die Wellen, während der Sturm aufzieht, und es lächelt, es winkt den anderen zu, schon viel zu weit vom Strand entfernt, Wasser in den Lungen, Wasser im Kopf, und ruft: Alles in Ordnung, es geht mir sehr, sehr gut!

Es klopft, und Saskia steht vor der Tür. Sie wartet nicht ab, sondern kommt einfach rein, schließt die Tür hinter sich und setzt sich auf den Badewannenrand.

»Wie geht's?«, fragt sie, während sie ein Tütchen aus ihrer Hosentasche zieht.

»Fantastisch!«, sage ich und setze mich zu ihr.

»Ihr habt schon, oder?«, fragt sie und hackt Pulver klein.

»Ja, danke, aber ist das Kokain?«, frage ich und betrachte das Pulver, das seltsam trocken ist.

»Nein, also auch. Ein bisschen Ketamin, ein bisschen was anderes, hast du Bock? Ich verspreche, es ist sehr schön. Hat Ronny mir vor ein paar Wochen gezeigt.«

Ich nicke. Mir ist sowieso alles egal. In meinem Kopf werden gerade alle Dopamin- und Serotonin-Vorräte, die ich noch habe, kontrolliert gesprengt, und ich finde alles gut, alles schön, ich nehme, was man mir hinhält, und stelle keine Fragen.

Eine Ewigkeit später verlassen wir die Wohnung und laufen zum Club. Ausgestorbene Wohnstraßen und geschlossene Läden, Nachthimmel, Rauschen und Stille. Ich sehe Saskia und Tim und die anderen nur verschwommen. Sie gehen voran, ich hinterher. Neben mir läuft Ronny und tippt auf seinem Telefon herum. »Gästeliste klarmachen«, murmelt er. Ich setze einen Fuß vor den anderen und sage nichts, alles ist warm und dunkel und diffus, und dann ist da der Club, und ein Mädchen drückt einen Stempel auf mein Handgelenk, einen lachenden Smiley, dann werde ich weitergezogen.

Im Club ist es dunkel. Wir geben unsere Jacken an der Garderobe ab, dann laufen wir zusammen durch einen langen, dunklen Gang, der Bass ist laut, die Luft ist heiß und stickig, ich greife nach Ronnys Hand, und er dreht sich um und nimmt mich in den Arm. »Ich hoffe, du hast einen tollen Geburtstag, Marlene Schatz«, sagt er und lässt mich los. Wir stehen im Hauptraum, der nicht besonders groß ist, auf der Empore stehen zwei DJs hinter Pulten, es ist verraucht, ich kann kaum etwas sehen.

Saskia zieht mich am Arm auf die Tanzfläche und lacht laut, Tim kommt dazu und hält mir einen Schnaps hin, ich trinke und lasse den Plastikbecher fallen, Saskia lacht noch immer, und Ronny legt den Arm um mich. »Alles Liebe zum Geburtstag!«, sagt er schon wieder, seine Finger berühren meine Lippen, dann schmecke ich etwas Bitteres und wie es sich in meinem Mund auflöst. Ich mache mich los und schaue ihn fragend an. »Ein Geschenk des Hauses, have fun!«, sagt er und verschwindet in der Menge.

Wir tanzen mechanisch, manchmal sehe ich Saskia oder Tim oder einen der anderen in der Menge. Ich trinke, was man mir hinhält, mein Kopf ist gefüllt mit Musik und Bass und einem Feuerwerk, das nur für mich gezündet wurde. Ich reiße die Arme hoch und lache, ich bewege meine tauben Füße, ich wanke durch den Raum und durch die Menschen, ich drücke mich an schweißnassen Rücken und Armen vorbei, ich bin durstig und mir ist ein bisschen schlecht, ich muss auf die Toilette.

Ich lehne mich an die kalte Wand der Kabine. Ich stehe da und halte mein Herz fest, das rast und wehtut und mich nicht richtig atmen lässt. *Keine Panik jetzt, Marlene*, denke ich und ziehe meine Hose hinunter, meinen Slip. Ich setze mich auf die schmutzige Brille, weil ich nicht mehr richtig stehen kann und mir schwindelig ist.

Ich halte mich einen Moment lang mit beiden Händen an den Wänden der Kabine fest, dann stehe ich auf, drücke die Spülung und klappe den Klodeckel runter. In meiner Hosentasche finde ich ein Tütchen mit Speed und einen Strohhalm, von dem ich nicht mehr weiß, woher ich ihn habe. Ich lege gleich zwei dicke Lines auf dem Deckel, weil es eben geht und jetzt sowieso alles egal ist, und dann atme ich ein und ich atme aus, und dann lehne ich mich an die Wand neben mir und warte einfach ab.

Mein Herz tut weh und meine Lunge, mein Magen und mein Kopf. Irgendwas ist anders. Ich warte darauf, dass es besser wird. Dass der Sturm sich legt und die Angst verschwindet, die sich in mir breitmacht, weil ich schwitze und zu schnell atme und kaum Luft bekomme und nicht weiß, warum.

Ich suche in meiner Tasche nach dem Telefon und lese die Nachrichten, die ich in den letzten Stunden bekommen habe. Auf Facebook haben mir zweiundneunzig Menschen auf die Pinnwand geschrieben. *Happy Birthday Marlene. Alles Liebe zum Geburtstag.* Ich scrolle durch die Nachrichten und Beiträge und erinnere mich daran, dass ich Geburtstag habe. Noch ein Jahr geschafft. Wie schön, dass ich geboren bin.

Mein Telefon vibriert, und eine Nachricht von Jakob erscheint da. »Ich habe tausendmal versucht, dich zu erreichen. Geht es dir gut?« Ich nicke, so, als könnte Jakob das sehen, und stopfe das Telefon in die Tasche. Dann wanke ich aus der Toilette und durch den Gang zurück zu den anderen. Ein paar von ihnen stehen an der Bar und trinken Wodka-Shots. Ich lehne mich an Saskia und schließe die Augen. »Alles ok?«, lallt sie, und ich nicke. Ich kann nur noch nicken oder den Kopf schütteln, mir ist kalt und heiß zugleich, und langsam kriecht die Panik in mir hoch, weil das Herz sich nicht beruhigt, und ich lehne mich an die Theke und versuche, Luft zu bekommen.

Ronny steht plötzlich neben mir. »Alles in Ordnung? Du siehst irgendwie nicht gut aus«, sagt er und fasst mich am Arm.

»Ich weiß nicht, mir ist irgendwie schlecht«, sage ich und mache mich los. Ich schaue mich im Raum um und sehe nur Fratzen, sehe nur Körper, die sich zum Bass bewegen, alles eine Suppe, alles so sinnlos und hässlich. Ich will hier weg, was mache ich hier überhaupt, wie bin ich hier bloß gelandet?

Ich suche den Ausgang, hole meine Jacke und laufe an der Frau vorbei, die mir den Stempel aufgedrückt hat. Das Speed scheint endlich zu wirken und treibt den Körper voran, ich weiß nicht, wohin ich gehe, aber ich denke unablässig daran, dass ich allein sein will, aber nicht allein sein sollte, und dann stehe ich in der U-Bahn, neun Stationen, Marlene, einfach ruhig atmen und dann raus und nach Hause.

Die U-Bahn ruckelt durch die Tunnel. Jemand hat ein Fenster geöffnet, und ich sauge die kalte Luft ein, nicht mehr lange und dann bin ich endlich zu Hause und endlich allein.

34.

Die U-Bahn hält, ich steige aus. Die Uhr im Bahnhof zeigt auf sieben. Ich bin nicht allein unterwegs, überall sind Menschen. Menschen, die wach sind und nüchtern und mich vielleicht betrachten, mich bemerken und *Hoffentlich sehe ich niemals so aus* denken.

Ich will mich verstecken und ich will mich unsichtbar machen und ich will endlich nicht mehr ich selbst sein. Ich lasse mich vom Menschenstrom zum Ausgang der U-Bahn-Station treiben und versuche, ruhig zu atmen und nicht aufzufallen und gerade zu gehen.

Die U-Bahn liegt am Ende einer Geschäftsmeile, mitten in einem Wohngebiet aus Altbauten. Draußen dämmert es schon, der Morgen graut. Es regnet. Tropfen fallen auf mein Gesicht. *Vielleicht sollte ich wirklich nicht alleine sein,* denke ich, *vielleicht sollte ich draußen bleiben, dort, wo die anderen sind.*

Eigentlich müsste ich rechts gehen, um nach Hause zu kommen, aber etwas treibt mich nach links Richtung Park, vielleicht der Regen, der sich angenehm anfühlt, vielleicht die kalte Luft, die mich ein bisschen beruhigt. Bis zum Park ist es nicht weit, nur einmal links, dann wieder rechts, durch ein paar kleine Straßen hindurch und über die Brücke. Ich gehe einfach immer weiter, irgendwas treibt mich, irgendwas ängstigt mich, irgendwas sagt mir, dass ich nicht stehen bleiben darf. Ich kann nicht nach Hause und nicht zurück, ich suche mein Telefon in der Tasche und sehe, dass Jakob mich angerufen hat, drei Anrufe in Abwesenheit, aber es regnet so stark, dass ich jetzt nicht mit ihm telefonieren kann, aber das ist natürlich nicht der eigentliche Grund.

Ich laufe immer weiter und erreiche irgendwann den Eingang des Parks, ganz unscheinbar liegt er da inmitten eines kleinen Wäldchens, durch das ich langsam gehe. Es ist vollkommen still, niemand außer mir ist hier. Der Boden ist aufgeweicht vom Regen und meine Kleidung auch, ich suche nach Zigaretten in meiner Jackentasche und finde eine Packung, die noch nicht durchnässt ist, ich zünde mir eine Zigarette an, und mir wird schlecht.

Nach ein paar Metern endet der Wald, und eine große Wiese, in deren Mitte sich der See befindet, erstreckt sich vor mir, ich laufe durch das nasse Gras und erreiche schließlich das Ufer. Dort befindet sich der Steg, und ich lasse mich darauf fallen.

Ich bin durchnässt, und mir ist kalt, der Regen, der mich kühlte, schmerzt plötzlich, und alles ist so hell und laut. Ich greife nach meinem Telefon und rufe meine Mailbox an. Da ist die Stimme meiner Mutter und die meines Vaters und Jakobs auch. Sie gratulieren mir alle und wünschen mir nur das Beste und »Ruf mal zurück, Marlene« und »Wo treibst du dich denn rum?«.

Ich lege auf und denke an Teneriffa und an Jakob und an den Atlantik und an den Geruch meiner Mutter und an meinen Vater auch. Ich denke daran, dass am Ende alles gut wird, das sagt man doch so. Dass alles einen Sinn ergibt und jedes Scheitern ein Schritt nach vorne ist. Es gibt nämlich kein Zurück. Ich denke an die Menschen, die mich lieben und die mein Bestes wollen. Ich denke daran, dass ich mich verlaufen habe, dabei wollte ich eigentlich nur rennen und nicht mehr ständig stolpern. Ich denke daran, dass ich alles erreicht habe, was ich mir je gewünscht habe, doch das ist gelogen, weil ich mir eigentlich niemals wirklich etwas wünsche, außer vielleicht, dass hoffentlich niemals jemand merkt, dass ich Rumpelstilzchen bin.

35.

Sie haben vier neue Nachrichten. Erste Nachricht, empfangen um elf Uhr drei:

> Ähm hi, hier ist Maya. Wir haben uns länger nicht gesehen, und ich weiß nicht, ob das cool für dich ist, aber ich wollte dir trotz allem zum Geburtstag gratulieren. Ich hoffe, es geht dir gut. Das hoffe ich wirklich. Pass auf dich auf, ja?

Zum Speichern dieser Nachricht drücken Sie die 2. Zum Löschen dieser Nachricht drücken Sie die 3. Um die Nachricht noch einmal zu hören, drücken Sie die 4. Um sich die Rufnummer des Absenders der Nachricht ansagen zu lassen, drücken Sie die 5.
Die Nachricht wurde gespeichert.
Nächste Nachricht, empfangen um dreizehn Uhr sechs:

> Ja hallo, hier ist dein Vater. Du scheinst ja vielbeschäftigt zu sein, jedenfalls erreicht man dich nicht. Herzlichen Glückwunsch von uns allen. Dein Geschenk ist auf deinem Konto, wie immer. Ich hoffe, du kaufst dir davon was Schönes. Na ja. Also. Bis bald mal.

Die Nachricht wurde gespeichert.
Nächste Nachricht, empfangen um fünfzehn Uhr dreiundvierzig:

> Hase, ich liebe dich. Ich bin so glücklich, dass wir uns haben, und wenn ich wieder da bin, dann ziehen wir zusammen und kriegen zehn Kinder und alles wird gut.

Die Nachricht wurde gespeichert.
Nächste Nachricht, empfangen um zweiundzwanzig Uhr dreiundfünfzig:

> Leni, hier ist Mama noch mal. Ich wollte dir wirklich gern persönlich zum Geburtstag gratulieren und dir sagen, dass ich unendlich stolz auf dich bin und alles, was du erreicht hast. Da können sich andere wirklich eine Scheibe von abschneiden. Auf dich und auf die nächsten wunderbaren einunddreißig Jahre!

Danksagung

Ich danke vor allem meinen Eltern Erich und Edith sowie meinem Bruder Jan-Gerd, die auf rauer See ein Hafen waren und immer für mich da sind. Ich kann nicht in Worte fassen, wie dankbar ich euch bin.

Ich danke außerdem meinem „brother from another mother“, Thore Würger. Du bist eine der besten Sachen, die mir je passiert sind, und einer der besten Menschen sowieso. Ich bin jeden Tag froh, dass es dich gibt. Ich liebe dich sehr, Brudi. (Das hier sind die Worte, die ich einst nicht für dich hatte. Und verpiss dich bitte doch nie.)

Ich bin ein glücklicher Mensch, weil ich so unglaublich tolle Freunde habe. Besonders erwähnen möchte ich hier Eva Horn, Marius Notter, Nina Fabricius, Raphael Raue, Jan Henrik Schimkus, Maria Anna Schwarzberg und auch jene, die neu dazugekommen sind. Ihr seid die beste Familie, die man sich wünschen kann.

Außerdem danke ich meinem Agenten Daniel Mursa, meiner Lektorin Lara Gross, sowie meinem Verlag Ullstein und Ulrike von Stenglin. Dass es dieses Buch gibt, verdanke ich euch.

Zuletzt, aber nicht zuletzt möchte ich all jenen danken, die mir seit Jahren bei Facebook, Twitter und Instagram folgen, die mir schreiben, mich unterstützen und meinen Weg begleiten. Danke ihr Literatur-Blogger*innen und Buchhändler*innen, danke ihr Kultur-Journalist*innen und Schreiber*innen, danke ihr alle da draußen – ohne euch, das wisst ihr genau, wäre ich gar nix. Danke. Von Herzen.

Besuchen Sie uns im Internet
www.ullsteinfuenf.de

MIX
Papier aus verantwortungsvollen Quellen
FSC® C083411

Ullstein fünf ist ein Verlag der Ullstein Buchverlage GmbH, Berlin

ISBN 978-3-96101-010-3

2. Auflage 2018

Umschlaggestaltung: Favoritbuero GbR, München
Titelabbildung: © plainpicture / Ernesto Timor
Foto der Autorin auf Seite 1: © Melanie Hauke
Gesetzt aus der Kepler
Satz: L42 AG, Berlin
Druck und Bindung: CPI books GmbH, Leck
Printed in Germany